MÚSICA PARA TIGRES

Manuel de Lope

MÚSICA PARA TIGRES

ESPASA

ESPASA NARRATIVA

Directora de la colección: Constanza Aguilera Carmona

Diseño de la colección y cubierta: Tasmanias
Realización de cubierta: Ángel Sanz Martín

Depósito legal: M. 10.168-1999
ISBN: 84-239-7955-5

Impreso en España/Printed in Spain
Impresión: Huertas, S. A.

Editorial Espasa Calpe, S. A.
Carretera de Irún, km 12,200. 28049 Madrid

ÍNDICE

LOS AMIGOS DE *TOTI TANG*

Ana Kerrigan había pasado los mejores veinte años de su vida en Palma de Mallorca, y de eso hacía ya dos veces veinte años. Cuando ella llegó a la isla acababa de cumplir veinte, todavía lo recordaba, y añadiendo la experiencia y los años acumulados pronto llegó a la conclusión irremediable de que se hallaba a punto de cumplir los ochenta. Era una mujer serena y el resultado no la sorprendió. Repitió la operación y la conclusión fue idéntica. Con veinte años había llegado a Mallorca y con ochenta se encontraba ahora contemplando sus manos en el encristalado vacío de su cuarto de estar. ¿Cuánto tiempo había pasado desde que se fue de la isla? ¿Cuarenta años? Encogió sus hombros frágiles. Cerró los párpados translúcidos. Un segundo después lo había olvidado y el tiempo volvía a ser una oquedad entre los dedos.

La tarde era sosegada, propicia a la ensoñación. Ana Kerrigan gozaba de buena salud, y sabía controlar sus fantasmas y sus emociones. En su interior habitaba una jovencita de veinte años, una mujer madura de cuarenta y una abuela con todas sus facultades pero con apuros para el cálculo mental. Aquellas tres personas dialogaban entre sí. De Palma de Mallorca la abuela conservaba recuerdos muy precisos, por ejemplo, la exacta combinación de la sangría y el secreto de la paella balear. Una buena sangría se prepara añadiendo a la mezcla una copa de coñac. El punto de la paella sólo se consigue cubriéndola unos instantes con el periódico, tras retirarla del fuego, de preferencia la Prensa local. La edad permite ciertos deslices de la memoria, y Ana Kerrigan estaba convencida de que la paella mejora añadiendo coñac, pero no sabía explicar la razón por la que resulta imprescindible cubrir la sangría con un periódico español. Indiferente a los resultados, la joven Kerrigan recordaba haber llegado a Palma de Mallorca enamorada de un pintor. La mujer madura, con la serenidad del desengaño, recordaba haber abandonado la isla una mañana de niebla. La abuela Kerrigan impuso silencio a sus dos interlocutoras. Paella y coñac, sangría y Prensa eran el emblema de sus mejores años, de forma que decidió celebrar su aniversario con una gran fiesta. Envió una invitación circular a diferentes instituciones geriátricas donde se alojaban sus amigos más cercanos, y una carta a su nieta Alicia, es decir, a mi mujer. Con la carta venía un billete de avión. Yo no quería perderme el acontecimiento y me sumé a la expedición.

Ana Kerrigan vivía a miles de kilómetros de distancia de su recuerdo, y no había vuelto a ver a su nieta desde hacía muchos años, probablemente veinte. Sin embargo conservaba esa memoria que va inscrita en los cromosomas y que permite reconocer al primer golpe de vista, por un gesto, por la forma de unos labios o el perfil de la nariz, a quien lleva la propia sangre. Ahora bien, por si acaso la memoria biológica fallaba, o simplemente por no lanzarse a los brazos de alguna desconocida, acudió a esperarnos al aeropuerto con una fotografía en la mano. Era una instantánea de otros tiempos, conservada como una prueba decisiva en el complejo itinerario de la historia familiar. La nieta Kerrigan, en brazos de la abuela Kerrigan, contemplaba el objetivo de una cámara que sin duda manejaba mamá Kerrigan. Los hombres estaban excluidos del circuito. El decorado de arbustos y parterres era un parque de Palma de Mallorca cuyo nombre la abuela ya no podía recordar, pero estaba segura de que la sonrisa de Alicia, que en la foto tenía cinco años, no se había desvanecido con el nombre del parque. Y por la sonrisa la reconoció cuando pasamos la aduana. El control de pasaportes y el servicio de inmigración aceptaron de buen grado que el motivo de nuestro viaje fuera el cumpleaños de una octogenaria. La abuela Kerrigan abrió los brazos y estrechó a su nieta alzándose sobre la punta de los pies.

—Bienvenida.

Se apartó y le examinó la cara.

—Te han salido ojeras durante el viaje —dijo con franqueza, como si ésa fuera la única diferencia con la foto que tenía en la mano.

—Seguro, abuela. Te presento a Ricardo, mi marido.

—Bienvenido.

También nosotros guardábamos en Barcelona una foto de la abuela Kerrigan. Era una mujer joven, rubia, con el pelo recogido en una trenza. La abuela Kerrigan, en el aeropuerto internacional de San Diego, California, no conservaba ninguna relación con nuestro retrato. Pero también es cierto que yo no poseía la memoria biológica.

—Me alegro de conocerla.

—Yo también. Te llamaré nieto. Los maridos de mi nieta son mis nietos.

Se volvió hacia Alicia.

—¿Sabes lo que decía tu madre?

—No.

—Bien. No recuerdo lo que decía tu madre, pero todos los maridos que le conocí fueron muy cariñosos conmigo.

Tomó una bolsa de viaje con ambas manos y nos precedió hacia la salida.

—Os tengo preparado el desayuno en casa —dijo olvidando que para nosotros era la hora de cenar—. Os instalaré en la habitación de *Toti Tang*, que ha tenido la amabilidad de dejar su cuarto libre. No lo hace con todo el mundo. Tiene caprichos orientales. Unas veces se instala en la cocina y otras se hace fuerte en la habitación.

—¿Es el cocinero?

La abuela se echó a reír.

—¿*Toti Tang?* No tiene ni idea de cocina.

Fue serpenteando entre los automóviles del aparcamiento hasta llegar a un enorme Buick que hubiera podido llevar de excursión a todo un hogar del jubilado. Abrió el maletero y de un tirón cargó la bolsa que llevaba a rastras. Yo añadí el resto del equipaje. Instalada en una silla acoplada al asiento delantero la abuela Kerrigan conducía dejándose llevar por la propia inercia del automóvil, como si la Providencia hubiera fijado de antemano un camino despejado de obstáculos. A la derecha se veía el mar, las dársenas de un puerto y los edificios grises de un astillero militar. En la luz de la mañana, y en la inconsolable perspectiva de una noche escamoteada por el desfase horario, las avenidas de palmeras y *bungalows* se sucedían simétricas y reiteradas, como un desfile de ovejas para conciliar el sueño.

Cuando llegamos a casa, *Toti Tang* nos esperaba en el porche. Era un mandarín enano, chato y desconfiado. Los perros de poca alzada suelen juzgar a las personas por sus zapatos y el pekinés no era una excepción. Olfateó nuestras suelas minuciosamente, emitió un estornudo ambiguo y nos dejó pasar.

—Os ha adoptado —exclamó la abuela Kerrigan interpretando el oráculo—. Os ha adoptado, y en adelante formáis parte del Toti Tang Klan, que en chino significa los Amigos de *Toti Tang*.

—Fantástico.

—Ricardo es miembro de los Amigos de la Capa Española —dijo Alicia con perfidia.

La abuela juntó las manos y se dirigió al pekinés.

—¿Has oído, *Toti?* Ricardo es Amigo de la Capa Española —dijo como si fuera a encargarme una para el perro.

—Bueno, realmente...

—Sería espléndido que se pusiera la capa española para mi cumpleaños.

—La verdad es que no suelo viajar con ella —aclaré—. Soy Amigo, pero no soy Usuario.

—Ya hablaremos de eso más tarde —dijo la abuela—. Alicia, ¿has visto lo que hay ahí?

Alicia cruzó el vestíbulo y se encontró frente a un retrato de su madre.

—Ese retrato tiene más de veinte años —dijo la abuela.

—¿Tantos ya?

Las dos mujeres permanecieron en silencio. La abuela Kerrigan, incorporando el retrato a su memoria, vio de nuevo surgir los personajes de su larga vida, la adolescente recién enamorada, la mujer madura, la escalofriante angustia de su estado actual, cerrando el círculo, en un plazo forzosamente no muy alejado de la propia extinción. Luego apartó de su mente tan funesto pensamiento, y tomando a su nieta por el codo le hizo observar los detalles del retrato, la mirada Kerrigan, la sonrisa Kerrigan, el parecido físico que a ambas reunía como retratos superpuestos al modelo del lienzo. Viendo congregadas a las tres mujeres, casi juntas las frentes, uno tenía la impresión de haberse casado con toda la dinastía, y llevar en el dedo una alianza de oro, otra de plata, otra de bronce, como en un concurso olímpico de bodas o en una adjudicación.

Se apartaron y se volvieron hacia mí, dándose la mano, cada una a un lado del cuadro.

—Ricardo no ha conocido a tu madre y no sabe lo guapa que era —dijo la abuela.

—Pero sabe lo guapa que soy yo —dijo Alicia.

—¿Y yo? —dijo la abuela como un eco.

La mujer del lienzo no despegó los labios, aun cuando un breve silencio aguardara su intervención. *Toti Tang* quiso comprobar la resistencia del fondillo de mis pantalones y tiró de mí hacia atrás. Había en aquel animal un instinto masculino de supervivencia que quiso hacerme compartir, hostigado por los fantasmas femeninos que impregnaban la casa. La abuela rompió el trance y nos llevó a la cocina, donde estaba preparada la mesa del desayuno.

Sirvió el café. En el centro del mantel colocó un frutero desbordante. Ella se situó en el contraluz de la ventana, y ésa era su coquetería, permanecer en la atmósfera difuminada de la luz matinal. El perro fue a buscar el refugio de una cesta, junto al refrigerador. Con los ojos semicerrados, el zumbido del aparato le hacía soñar con viajes espaciales, los pioneros de la raza canina, el primer perro puesto en órbita en el interior de una complicada nevera. Nuestras servilletas estaban bordadas con unas iniciales que hubieran podido transmitirse de la abuela a la nieta, y Alicia se lo hizo observar a la abuela, y Ana Kerrigan, feliz, señaló que muchas otras cosas se transmiten, visibles e invisibles. Fue un absurdo sentimiento, pero en aquel momento tuve la impresión de que me intentaban envenenar. *Toti Tang* roncaba en su apogeo. La abuela, favorecida por la aureola que creaba el contraluz, cruzó la mano por encima de la mesa y alcanzó la de su nieta.

—Parece que no pasa el tiempo. Hace un par de horas te tenía en brazos en un parque, y ahora eres una mujercita que vive por su cuenta, y te has casado con un hombre que te quiere y que fabrica capas españolas.

—Ricardo es abogado.

—Fascinante —dijo volviéndose hacia mí—. Siempre en contacto con criminales y malhechores.

—En realidad, trabajo para una compañía de seguros.

—No importa —dijo ella, disculpándose—. Debe ser muy excitante vivir rodeado de accidentes y siniestros. ¿Os habéis enterado del descarrilamiento de un tren en Otawa?

—En el avión no nos han dicho nada.

—En los aviones se callan las catástrofes —dijo Alicia.

La abuela marcó una pausa y suspiró.

—El descarrilamiento del tren de Otawa. Veinte personas no necesitarán nunca más un abogado.

—Terrible.

—Lo necesitará un guardagujas que estaba distraído. En fin, me alegro de no haber ido al aeropuerto a enterarme de una catástrofe aérea. Fue un alivio veros salir por aquellas puertas, tan jóvenes y con tan buena salud.

—Aquí nos tienes, abuela.

Se levantó para recoger las tazas. Un plato se deslizó de la bandeja y fue a estrellarse contra el suelo. Hubo un instante de silencio, mientras la abuela interpretaba el presagio. Permaneció inmóvil, contemplando el cataclismo de porcelana, desconcertada por aquella minúscula destrucción.

—Así es —dijo al fin—. La muerte es un camión que vuelca su carga. Es una metáfora brutal, pero Shakespeare es así de brutal. ¿Shakespeare, verdad? Ahora me figuro que estaréis impacientes por echaros un buen sueño.

—Ésa es una gran idea —dije yo.

—Ésa es una buena idea —dijo Alicia, bostezando.

—Os voy a enseñar la habitación.

El perro levantó la cabeza sin moverse de la cesta y nos vio desaparecer escaleras arriba, con la mano en la balaustrada, en procesión rampante.

Yo había leído en algún sitio que California es una porción del planeta condenada a la catástrofe, y no por cuestiones relacionadas con la familia de mi mujer, sino por razones geológicas. Una fractura en la corteza terrestre la separa del resto del continente americano a una velocidad de varios centímetros al año. Es poco pero es inexorable. Hay que reconocer al menos que es una razón de peso para no dormir tranquilo. Durante aquella siesta que enlazó mañana y tarde me pareció advertir que la cama se movía, y que la casa de la abuela Kerrigan se deslizaba hacia el mar, y que del otro lado de una fractura gigantesca el pekinés aullaba a la muerte. Los sueños en un país tan inestable son forzosamente angustiosos. Cuando me desperté el pekinés aullaba efectivamente a la muerte. Alicia dormía aún. Me levanté y me acerqué a la ventana. Por el sendero de grava trazado en el césped se acercaba un hombre pálido, sonriente, tan entrado en años que parecía darle la razón al pekinés. La abuela Kerrigan salió a recibirle al porche. Se abrazaron manteniéndose mutuamente en equilibrio y entraron en la casa. Luego les oí conversar en el salón. Pusieron música, un éxito de los años cincuenta, *Solos en el Paraíso.*

Alicia se despertó.

—¿Qué hora es?

—Las cuatro de la tarde.

—¿Dónde estamos?

—En San Diego, California.

Sacó los puños de debajo de las sábanas y se frotó los ojos.

—He soñado que la casa se movía y que escapábamos por los pelos a un terremoto.

—Es la angustia existencial.

En aquel momento rascaron a la puerta. Era *Toti Tang* que nos venía a buscar. Era un perro inteligente y sólo le faltaba aprender a llamar con los nudillos.

Me afeité mientras Alicia deshacía las maletas y ordenaba la ropa en el armario. Luego, mientras Alicia se arreglaba, la esperé en la habitación. El empapelado era un trenzado de hiedra, romántico y algo sombrío. De la pared colgaba el retrato de un antepasado de *Toti Tang*. Me senté en el borde de la cama contemplando el atardecer reflejado en los cristales. Un llanto interior brotaba de la esencia misma de la tarde. Era un quejido insistente, melancólico, que parecía modular la nostalgia de hallarse en tierra extraña, frente a un crepúsculo de lejanos meridianos, pero resultó ser el pekinés que se había quedado encerrado en el armario. Me levanté para abrirle. Cuando Alicia regresó agradeció su libertad y nos precedió por la escalera.

La abuela Kerrigan detuvo la música al oírnos bajar y salió a recibirnos a la puerta del salón con un vaso en la mano.

—Aquí están las dos glorias de España. Alicia, te presento a John W. Fernandes —dijo introduciendo al pálido visitante.

—Encantada.

El caballero alargó una mano trémula aferrando con la otra el vaso que le ayudaba a mantenerse en vida.

—Johnny, te presento a Ricardo, el marido de mi nieta.

—Es un placer.

—Ricardo es abogado y fabrica capas españolas —añadió la abuela—. Seguro que tiene muchas cosas que contarnos, pero de momento no. De momento os vais a tomar una copa con nosotros. Alicia, ¿whisky o ginebra? Me imagino que tu marido tomará lo mismo que tú.

—Yo tomaré ginebra con soda —dijo Alicia consultándome con la mirada.

—Yo también.

—Perfecto. Es importante que las parejas se entiendan con las bebidas.

Johnny Fernandes giró sobre sí mismo en el centro de la alfombra y cuando halló la buena orientación avanzó hacia mí.

—La ginebra es trago sano —balbuceó en español.

—Desde luego —dije yo recogiendo el vaso que me presentaba la abuela—. En España a menudo bebemos ginebra.

Johnny Fernandes cabeceó con imparcialidad.

—El whisky también es trago sano.

—El whisky es una excelente bebida —dije yo, y vi que se alegraba de que nuestras opiniones coincidieran en dos puntos básicos.

—Kerri —dijo volviéndose hacia la abuela: ¿cómo se dice trago sano en español?

La abuela se había sentado con Alicia en el sofá y volvió la cabeza hacia nosotros.

—Se dice trago sano, como tú lo estás diciendo.

—Lo dice usted muy bien —dije yo cortésmente al caballero.

Johnny W. Fernandes sonrió con modestia.

—El español era la lengua de mi padre —dijo rememorando a un difunto de otro siglo.

—Johnny es el hijo del gran Lucho Fernandes —dijo la abuela evocando a una celebridad desconocida.

Durante unos minutos flotó en el salón un aroma incierto, de artista de *music-hall* o estrella del cine mudo. Johnny Fernandes quiso tartajear alguna explicación, pero la abuela le interrumpió. Nos llamó para que nos sentáramos con ella. El caballero se apoyó en mi brazo, sorteó con pericia una lámpara y se acomodó en la butaca. La abuela alzó el vaso y brindó por su cumpleaños. Todos brindamos con ella. Luego el caballero alzó el vaso y brindó por el cumpleaños de la abuela olvidando que eso era precisamente lo que acabábamos de hacer. Era un hombre cuyas iniciativas demostraban su buena voluntad. Empezaba a tener el rostro apergaminado. Había superado con éxito la barrera de los setenta y cinco años y contaba con proseguir la carrera, a sabiendas de que todo era una melancólica astucia que desembocaba en un resultado similar a la momificación. Acicalado como un senador, el visitante correspondía a todo con la misma afabilidad diplomática. Conversamos un rato mientras Alicia y su abuela hojeaban un álbum de familia. El senador había visitado España en tres ocasiones. La primera en una gira con su padre, la misteriosa estrella ya extinguida. La segunda con el Cid, y la tercera como oficial de dragones con el ejército de Napoleón, según creí comprender. Repitió dos veces el nombre del Emperador, emocionado. Pensé lo mucho que uno se equivoca calculando a ojo la edad de las personas. La abuela debió de comprender mi estupor y levantó la mirada del álbum.

—Johnny trabajó algunos años con la «Warner Bross».

El senador asintió. Eran los años cincuenta y las grandes superproducciones. Nunca volverían años parecidos, *gone forever,* suspiró, pero su memoria, un polvoriento almacén de decorados inútiles, todavía era capaz de reconstruir con aquellos restos de naufragio suntuosos escenarios. Sin miedo a la Historia, retrocedió a un pasado bíblico. Había jugado un papel decisivo en la atribución de las tablas de la ley a Moisés, esto es, a Charlton Heston, en *Los Diez Mandamientos.* Su voz, en aquella magna obra, había doblado a la de Yavé en el monte Sinaí. Jerárquicamente había sido el papel más elevado de toda su carrera, aunque su rostro, claro está, no aparecía en la pantalla. Yavé tiene voz pero no tiene rostro. Tampoco figuró en los créditos de distribución. No podía decirse, con absoluta seriedad, la voz de Yavé es la de Johnny W. Fernandes. Pero era su voz, sí, era la suya. Irguió el busto en la butaca y apartó el vaso. Emitió una oración sorda que en otros tiempos debió de haber sido atronadora. Era el primer mandamiento. El pekinés, que hasta entonces había permanecido muy tranquilo, echó las orejas atrás y arrugó el hocico chato enseñando a la potencia divina unos dientes diminutos. La abuela intervino de nuevo.

—Johnny, por favor.

El senador carraspeó. La demostración no era del todo satisfactoria, pero daba una idea de lo que había sido aquel rodaje.

—Durante unos años Charlton y yo fuimos vecinos en Beverly Hills y ésa era nuestra contraseña. Kerry, ¿por qué no le sirves otro trago sano de ginebra a este muchacho que lo está pidiendo a voces?

—Ese muchacho sabe alcanzar la botella —dijo la abuela algo irritada.

El senador alzó un dedo y acercó su vaso.

—Sólo servirás a Yavé, tu Señor.

—Necesitas que te admiren, Juanito. Ya estás necesitando que te admiren.

—Usted también puede llamarme Juanito —dijo Yavé a mi intención.

—Deja al muchacho en paz —dijo la abuela cerrando el álbum de fotos sobre las rodillas—. Tú eres Yavé, mi Señor, y yo soy la reina de Saba, y a ellos qué les importa.

Por la habitación corrió un aire de demencia senil. El caballero, muy lentamente, se arrellanó en el asiento enfurruñado, meditando una explosión de cólera. La abuela, con el cuerpo de perfil y la barbilla levantada, esperaba el ataque.

—Olvídate de lo que he dicho —murmuró Yavé arrepentido.

Los ancianos son gente misteriosa en sus querellas, y la abuela no respondió. Alicia regresó de su viaje genealógico por el álbum de fotos de la abuela, primos desconocidos, tíos robustos todavía en edad de procrear, Kerrigan de cinco países y el bisabuelo irlandés.

—¿De qué se tiene que olvidar? —preguntó Alicia sonriente.

—Yo sólo he pedido que me sirviera un trago —repitió Yavé excusándose.

—Yo no he pedido nada —añadí en un tono algo cobarde.

La abuela fue a replicar y su voz se quebró. Empezó a sollozar y entre hipos dio a entender que ochenta años aguantando a la comunidad de los caprichos masculinos ya la tenían harta. Alicia apartó el álbum y la rodeó con los brazos acercándola hacia sí. Era una nimiedad, dijo Alicia, pero la abuela insistió que no era una nimiedad llegar a los ochenta años y tener que servir alcohol a un hombre desagradecido que se comporta como un sargento y se toma por Dios Padre. Ochenta años eran de verdad muchos años cualquiera que fuera la situación y nadie se atrevió a contradecirla. Alicia le ofreció su pañuelo y la abuela se enjugó las lágrimas.

—Yo no me he comportado como un sargento, Kerry —dijo el senador—. Sólo quería otro trago.

—Otro trago, otro trago —repitió la abuela multiplicando los sollozos.

—Yo serviré, abuela —dijo Alicia.

—Todos los hombres te piden un trago.

—Vamos, Kerry, por favor.

—Dígale usted algo amable —dijo Alicia al senador.

—Muchas veces la llamo pajarito —dijo el anciano superado por las circunstancias—. No sé lo que ha pasado. ¿Qué ha pasado, Kerry?

—Yo llenaré los vasos —dijo Alicia levantándose.

El cubo de hielo era una charca en el crepúsculo y yo me levanté también.

—Falta hielo. Iré a buscarlo a la cocina.

Hice una señal a Alicia para que me siguiera. Nos afincamos en la cocina. La caída de la luz iba arruinando los objetos, y a falta de otro pasatiempo conversamos en voz baja, con el oído alerta, sin embargo, a esa otra conversación en el salón donde se negociaban las paces y se devanaban complejas explicaciones bajo la mirada indiferente del pekinés. Las tumultuosas escenas de la vejez eran aquellos fútiles agravios. Alicia me confió que su abuela había conocido a muchos hombres. No podía saberse qué rencillas pretéritas se saldaban en el mínimo conflicto del presente, qué venganzas personales, jamás satisfechas, encontraban la última y simbólica oportunidad de expresarse a través de un rechazo o una manía. El senador, sin duda una excelente persona, ni comprendía su papel, ni lo lograría asumir, porque según Alicia lo que la abuela Kerrigan necesitaba delante de sí era un fuerte carácter, un borracho de verdad, y no la voz de Yavé ligeramente dado a la bebida. Era una cuestión de personalidad. Los Kerrigan necesitamos alcohol y tragedia, dijo Alicia con voz sombría, es la sangre irlandesa. Y lo mismo a los ochenta años que en la flor de la vida. No me di por aludido, aunque en ello detectara algún reproche. Alicia era muy persuasiva y se le incendiaba la cara. Agitó la melena y presentó el cuello al último cuchillo que el sol reflejaba en los cristales.

—¿Tú crees que a los ochenta años todavía se puede tener vida sexual? —pregunté.

—Hay que ver lo que mi abuela ha vivido. Tengo primos bastardos en tres o cuatro idiomas diferentes.

—¿Tú crees que a los ochenta años se tiene vida sexual? —repetí alcanzando su rodilla por debajo de la mesa.

—Aquí no, Ricardo.

—Seguro que ellos se lo están haciendo en el salón.

—No seas grosero.

Del otro cuarto nos llegó una risa sofocada y un bisbiseo. De un salto, Alicia se puso en pie en medio de la penumbra.

—¿Tú crees?

Dio tres pasos elásticos y auscultó la situación por la rendija de la puerta.

—Están sentados muy formales con las manos entrelazadas.

—¿Y el pekinés?

—El pekinés vigila.

Volvió a cerrar la puerta.

—Podemos aprovechar que ellos están sentados muy formales y no nos necesitan —murmuré.

—Te olvidas que esperan el hielo.

—Por favor, Alicia, un crepúsculo, una cocina...

—El hielo —dijo Alicia sin piedad, y comenzó a romper el congelador a garrotazos.

Cuando hubo llenado el cubo me miró con esos ojos azules que eran los de los Kerrigan buscando alcohol y tragedia pero no amor en situaciones imprevistas.

—Vamos.

En el salón, la pareja nos recibió con una sonrisa. El senador se ajustó la corbata y la abuela Kerrigan sacudió unas migas imaginarias de su regazo. Alicia puso los vasos sobre la mesita y encendió una lámpara. Hubo unos minutos de silenciosa concordia, como si todo el mundo estuviera de acuerdo con que la Tierra es un planeta esférico que gira sobre su propio eje. La vibración del globo se percibía a través de la planta de los pies, mientras California se separaba del resto del continente, y un zumbido lejano era el rumor astronómico del universo. Los dos ancianos volvieron a entrelazar sus dedos en un complicado nudo que reunía todos los problemas clínicos de la artrosis. La abuela carraspeó.

—Johnny me ha invitado a cenar. Quiere que primero celebremos mi cumpleaños en la intimidad.

—Estupendo.

Johnny asintió.

—¿No os importa que os dejemos solos? El refrigerador está lleno —dijo la abuela.

El senador alzó el vaso y brindó por el contenido del refrigerador.

—No te preocupes, abuela, Ricardo y yo nos quedamos solos.

—Entonces creo que me voy a preparar.

Subió a cambiarse de vestido, mientras Johnny nos reiteraba sus buenas intenciones. No regresarían demasiado tarde. Sería prudente con el coche. Como la abuela se demoraba, inició una historia de su adolescencia, con su primer coche, o su primera novia, guiñando el ojo y efectuando movimientos de tracción. Al fin apareció Ana Kerrigan al pie de la escalera, radiante en un traje largo de seda, como esos muebles valiosos que los anticuarios vuelven a tapizar aunque se advierta la carcoma. Una chaquetilla a juego le cubría los hombros y un collar de perlas desbordaba por encima del escote ajustado. Llevaba del brazo un bolso minúsculo, también forrado de seda. El maquillaje, discreto y con notable pulso, dibujaba la boca que fue jugosa, y los ojos extrañamente invernales. El senador se puso en pie para recibirla. Yo le dirigí un cumplido sobre el buen estado de la seda y el considerable diámetro del collar.

—Yo con ese vestido la llevaría al Ritz, abuela.

—Gracias, nieto. Johnny me lleva al frontón de Tijuana.

La visión de dos ancianos cenando entre pelotaris del Lejano Oeste me pareció una situación inextricable. Me volví hacia el senador.

—Tiene usted suerte, Juanito, de salir con una abuela como la Kerrigan.

El senador bajó los ojos y se ruborizó. Luego se palpó la cartera recuperando algo de aplomo y se peinó las sienes con la mano, el satinado azul y plata de las canas, lujoso y seductor, como un trompetista en la cartulina de un disco.

—Estoy lista —dijo la abuela, ajustándose la chaquetilla delante de un espejo.

—Entonces creo que nos podemos ir —dijo el senador tomándola con delicadeza del brazo.

Les despedimos en el porche, con las últimas recomendaciones sobre lo fresco de la noche y la necesaria formalidad. Luego les vimos desaparecer en el interminable automóvil del senador que se los llevó hacia las tinieblas. En eso se resolvía toda la fragilidad de la existencia, punteadas avenidas de luz, imperceptible desliz de los motores y al cabo la oscuridad. Volvimos a la cocina, donde el tubo de neón sólo incitaba a pensar en alimentarse, desechando otros instintos.

Cenamos unos *sandwichs* y nos fuimos a acostar. Alicia me habló de su abuela y de su infancia. Yo le hablé de mi propia infancia, y del presente, de la hiedra del empapelado en aquella habitación, que con la luna crecía y nos podía llegar a envolver. Entonces se pasó a mi cama y al cabo hicimos el amor. Yo no sé dónde durmió el perro. Probablemente recorrió la casa y acabó en la biblioteca. Ese animal parecía un poco torpe, pero era un intelectual.

Cuando me desperté era ya de día. Tuve la impresión de haber dormido cuarenta y ocho horas, desde la salida de Barcelona. California no había temblado durante la noche, o mis sueños habían sido menos premonitorios. Del fondo de la habitación subía una barra de luz, y remontándola hasta la persiana calculé que serían las ocho de la mañana. Alicia dormía aún, con un brazo cruzado sobre mi pecho. Lo aparté como si fuera un objeto de porcelana. Deshice lentamente la maraña de nuestras piernas y salí de la cama. Alicia suspiró sin despertar y ocupó todo el espacio liberado. Yo estaba enamorado de aquella Kerrigan que era gran consumidora de sueño y porque durmiera con mayor tranquilidad me fui de puntillas de la habitación.

Toti Tang me esperaba en la cocina. Con la mirada me indicó una lata de comida para perros con un enorme mastín en la etiqueta. Preparé café para mí y a *Toti Tang* le serví una ración de albondiguillas en un plato de aluminio. Desayunamos en silencio. Yo apreciaba el aroma de mi café y *Toti Tang* la perfección sin sorpresa de aquellas albóndigas. Comía con mucha aplicación y sin apresurarse, convencido de superar a cualquier mastín por el coeficiente de inteligencia. Cuando hubo relamido el plato se fue al salón. Terminé mi café y le seguí.

El senador había cumplido su promesa de formalidad. No habíamos oído regresar a la abuela por la noche, todo había transcurrido con suma discreción y sin portazos. Su habitación en la planta baja, entre el salón y la biblioteca, estaba cerrada. Parecía emitir ondas de baja frecuencia y una respiración inaudible. *Toti Tang* observó el picaporte de la puerta. Dudó si pedir paso. Luego optó por seguir de largo. Sobre la mesa del salón, delante del sofá, estaban los vasos de la víspera. El pekinés olfateó nuestras huellas dactilares, y las huellas de nuestras posaderas en el sofá, y decidió finalmente subirse a la butaca donde Ana Kerrigan había estado sentada. Le dejé allí y recorrí la casa, limpia y luminosa en la mañana.

La biblioteca eran dos muebles con un centenar de libros. Un escritorio con tablero forrado de cuero era el soporte de donde partían las cartas en sobre azul que regularmente nosotros recibíamos en Barcelona. Lo que yo sabía de la vida de Ana Kerrigan me llegaba a través de aquellas cartas. Recorrí con la palma de la mano el grano fino del cuero con cierta gratitud. Mis propios abuelos habían desaparecido pronto, y la abuela de Alicia, por su lejanía y lo pintoresco de su existencia, había ocupado el lugar imaginario así vacante. De todas las anécdotas que yo había sabido de Ana Kerrigan una particularmente me llamaba la atención. Si, como decía Alicia, muchos hombres habían desfilado por su vida, no todos la habían marcado como aquel pintor de su juventud que la sedujo allá en Mallorca. Naturalmente, la juventud de Ana Kerrigan era anterior a la guerra. Yo imagino lo que era entonces Mallorca: una bahía blanca y un lugar olvidado de la Historia, con norias accionadas por los asnos más dóciles de la especie. Al estallar la guerra civil los asnos parecieron volverse locos y las norias comenzaron a girar a la misma velocidad vertiginosa que los acontecimientos. Hubo un intento de desembarco que se saldó con un fracaso y la represión fue cruda. Los cadáveres se fueron amontonando junto a las tapias de los cementerios como un rédito macabro que sólo unas mujerucas enlutadas y unos niños legañosos se atrevían a reclamar. Un general italiano en uniforme negro paseaba a caballo en la medianoche entre huertas y norias. Éstas son sin duda las imágenes simbólicas que han quedado de aquellos días, pero Ana Kerrigan, para quien Mallorca había sido la isla del amor, llegó a saber que una de las víctimas cuyo cadáver nadie reclamó fue aquel mismo objeto de su amor, y una leyenda secreta, que ella misma hacía prosperar, añade que al pintor sin vida le faltaban los ojos. Era demasiado horror para tanto sentimiento. Otra leyenda paralela, que paliaba los escalofríos de la memoria, le suponía fallecido en el frente de Madrid, más torpe con el máuser que con el carboncillo. Y una tercera leyenda, por dar salida a la esperanza, le salvaba de la muerte para expatriarle a Caracas, donde alcanzaba la fama con gigantescos murales políticos y varios retratos épicos de Simón Bolívar. Ana Kerrigan poseía la contradictoria facultad de hacer morir y sobrevivir a quienes la habían conocido. Ana Kerrigan volvió a Mallorca, que en lo sucesivo fue una isla literaria, y los hombres una multiplicidad de destinos. Al cabo de la vida todo adquiere un sentido, y quién sabe si el refrán de la abuela, a fin de cuentas, no era aquel que enseña a juzgar el relativo aprecio de las cosas, más vale un buey que cien golondrinos, y ciertamente era bovino el ojo del senador cuando la rodeaba enamorado con sus brazos y la invitaba a cenar. Pero también puede ser que con una conclusión tan sarcástica nosotros nos equivocáramos, y el amor fuera tan intenso como la proximidad de la muerte natural, a partir de cierta edad.

Un niño cruzó la calzada y fue a esperar el autobús escolar bajo una especie de iglú transparente. Llevaba una camiseta amarilla, en cuyo pecho aparecía estampada una frase: *I am happy*. Pronto llegó el autobús, un pequeño vehículo verde con media docena de niños en su interior, todos ellos con felices camisetas amarillas, como canarios en una jaula móvil. El autobús se detuvo un instante y luego desapareció de la perspectiva de la ventana dejando el iglú vacío.

En la pared de la biblioteca encontré una foto de familia, una más de las innumerables fotos de familia de la galaxia Kerrigan, ese universo de límites mal definidos y ramificaciones célebres o ignotas. Todo parecía confluir en el cerebro de aquella anciana, en el lóbulo frontal peinado con una onda, prominente como una suerte de característica racial, surcado con la arruga doble del conocimiento. Tras la puerta cerrada la abuela digería con el sueño las emociones fuertes de la noche anterior, juego de pala en el frontón, cena cargada de especias y mariachis. Nada podía resumir mejor el abanico de su existencia que el recuerdo blanco de los desayunos sobre la bahía de Palma y el intenso menú de una cena eléctrica en Tijuana. Encontré una máquina de fotos, un modelo de los años cincuenta, en su estuche de cuero, mantenido aparentemente en estado de funcionamiento. Junto al teléfono había un cenicero de cobre con una mezquita repujada y una inscripción: Tánger Savoy. La mezquita era un hotel. Levanté los ojos hacia la ventana. Por la acera de enfrente pasó un policía negro con las manos en la espalda. Llegó hasta el iglú de plástico, consultó su reloj y dobló la esquina. Yo repetí en mi mente: San Diego, California, y observé las botellas de leche depositadas delante del porche de cada casa. Entonces salí por la puerta de servicio, recogí las botellas que había allí y las llevé al frigorífico.

Alicia apareció en la puerta de la cocina envuelta en su albornoz.

—Buenos días.

—Buenos días, mi amor.

Se sentó y preparé otro café. Preguntó si se había levantado la abuela y le dije que dormía aún. *Toti Tang* acudió a saludar. Conversamos en voz baja, por respetar el sueño de la abuela, y Alicia alabó su discreción.

—No la he oído llegar.

—Yo tampoco.

—El senador se ha portado como un caballero. ¿Qué vamos a hacer?

—Esperar a que se levante.

Alicia tomó la taza de café y fuimos a sentarnos al salón. Al pasar delante del cuarto de la abuela se detuvo para pegar el oído a la puerta.

—¿Tú crees que duerme sola? —preguntó con un murmullo de conspiradora.

Me encogí de hombros.

—Sola o no es mejor que duerma.

Sonrió llevándose un dedo a los labios.

En cierta ocasión Alicia me había hablado de su madre, y de las circunstancias por las que había decidido permanecer en España y escoger, entre la colección de pasaportes que le ofrecía su patrimonio genético y administrativo, un pasaporte tan exótico como la Alhambra de Granada. Mamá Kerrigan había sido española. En la foto de familia, allí en la biblioteca, era una muchacha seguramente aún soltera, de la mano de un primo o un pariente que no era el padre de Alicia. En el retrato del salón, ya casada, o divorciada, o viuda, todo había sido resuelto. El padre de Alicia era un viejo traductor de poesía heroica, y el fruto de esa solución que mamá Kerrigan había buscado para perpetuar la estirpe femenina de los Kerrigan era la propia Alicia, tan inconsciente de su misión de procrear a su vez una hija que cuando yo había señalado esa obligación biológica y familiar se había limitado a responder: aún hay tiempo. El orgullo de las Kerrigan se reflejaba en esa insistencia por conservar el apellido femenino, el apellido de la abuela, olvidando, o descuidando, como si de un objeto superfluo se tratara, el apellido incorporado por el imprescindible marido y padre. Aún había tiempo para que yo fuera el inoculador de una pequeña Kerrigan, la cuarta de la dinastía, la biznieta Kerrigan, que la abuela, en su vejez, recibiría con el mismo júbilo que una promesa de reencarnación. Miré a Alicia mientras bebía a sorbos el café caliente sosteniendo la taza con ambas manos. Era bueno ocuparse de las minucias de la vida, la mañana silenciosa y expectante, el aroma del café. La ventana del salón era un panel de vidrio sobre el jardín trasero, donde ondulaba el pequeño cuenco azulado de la piscina. La lámina de agua tejía y destejía reflejos, como un oráculo. ¿Y si Alicia Kerrigan, recogida en su albornoz, llevaba en el vientre todavía sin saberlo esa reencarnación? La sospecha me hizo sonreír y me tapé la cara con las manos. Luego la observé de reojo. Cuando terminó su café buscó un lugar donde dejar la taza, y acabó por dármela, y yo la puse sobre la mesa junto al cubo de hielo y los vasos vacíos que habían dormido allí como descansando de una fiesta de siglos. La puerta del cuarto de la abuela seguía cerrada. La respiración inaudible era más inaudible todavía, es decir, que no se oía absolutamente nada. *Toti Tang,* que se había acercado a nuestros pies, se rascó detrás de la oreja con total indiferencia y me miró.

—¿Ha desayunado el perro? —preguntó Alicia.

—Ha desayunado albóndigas.

—Albóndigas... —repitió Alicia, maravillada de pronunciar una palabra tan castiza a tantos kilómetros de Barcelona—. ¿Y tú?

—He estado recorriendo la biblioteca. He visto colecciones de Kerrigan y un cenicero de Tánger.

—La abuela vivió en Tánger.

—¿Qué hacía en Tánger?

—Conoció a un novelista.

—Seguramente le conoció en el Hotel Savoy.

Seguimos hablando en voz baja, lo cual debió intrigar al pekinés, que ladró con impertinencia.

—Chissst...

Aguzamos el oído pero nada se movió. La puerta del cuarto de la abuela emitía ondas de reposo.

—La abuela vivió en Tánger antes de casarse con el abuelo —prosiguió Alicia—. Luego volvió a Palma y allí todo se deshizo. Me parece que el abuelo bebía y roncaba.

—Eso lo justifica todo.

—Se murió de una gripe en Roma. Tengo unos primos en Roma que estudian vidas de emperadores. Me pregunto si se acordarán del cumpleaños de la abuela.

—¿Crees que les ha invitado?

—Me figuro que no. La legítima soy yo —añadió con sencillez—. No sé por qué, pero la legítima soy yo.

El sol entró de lleno en la piscina deshaciendo el juego de reflejos que se transformó en un gran destello.

—Es difícil comprender lo que ha sido la abuela. ¿Sabes que estuvo a punto de casarse con Bertrand Russell?

—¿Con Bertrand Russell?

—O con un filósofo de edad, un asunto bastante serio, de filósofos. Cuando pienso que yo podía haber sido nieta de Bertrand Russell en lugar de ser la nieta de un hombre que roncaba.

—A lo mejor Bertrand Russell...

—Sí, a lo mejor Bertrand Russell también roncaba, pero era Bertrand Russell.

—¿Qué hacía el abuelo?

—Lo mismo que ahora hacen mis primos. Estudiaba vidas de emperadores. Conoció a la abuela en Tánger cuando estudiaba la vida de un emperador que estuvo en Tánger. Luego fueron a Palma porque parece que hubo un emperador que estuvo en Palma. Naturalmente, cuando se separó de la abuela se fue a Roma, que es donde estuvieron casi todos los emperadores. A los sesenta años escribió un *best-seller* sobre la vida de un emperador y se murió. A la abuela no le dejó un céntimo de derechos de autor.

—Es normal. A tu abuela no le interesaban los emperadores.

—No le interesaban los emperadores muertos.

—Prefiere un senador vivo —dije yo.

Alicia se echó a reír y ahogó la risa.

—¿Crees que está con él? —dijo volviéndose hacia la puerta de la habitación.

—Seguro que está con él —dije yo. Ambos nos sentimos reconfortados, como si por fin la niña hubiera encontrado un novio y nosotros fuéramos unos padres modernos.

—Háblame de aquel pintor que fusilaron en Palma —dije buscando amores arcaicos.

Alicia suspiró estirando los brazos. El escote del albornoz descubrió un pecho lozano.

—No le fusilaron en Palma.

—¿Murió en el frente de Madrid?

—Tampoco murió en Madrid. Vive en Caracas. ¿Qué quieres que te diga de él?

—¿Crees que vendrá al cumpleaños?

—Eso habría que preguntárselo a la abuela. Imagínate que todos volvieran al cumpleaños. Esto sería la resurrección de la carne. De lo que estoy segura es de que la abuela nunca ha ido a Caracas. ¿Has encontrado algún cenicero de Caracas?

—No.

—Ya lo ves. La abuela nunca ha perseguido a la gente que triunfa, por eso no fue a Roma a buscar al abuelo cuando triunfó con su libro sobre la vida de un degenerado. Por eso se figura que al pintor le fusilaron, y le sacaron los ojos, y todas esas cosas. Debe de ser terrible pensar que la gente triunfa mientras la vida se te escapa de las manos.

—¿Y Yavé?

—¿Qué pasa con Yavé?

—¿Es un triunfo o es un fracaso?

—Mira, lo mejor es que la abuela duerma con Yavé, y que se calienten las manos y el cuerpo el uno al otro, porque los viejos son gente friolera. Lo demás a estas alturas ya no tiene importancia. Si yo fuera la abuela...

—Quieres decir que soy un fracasado.

—Tú eres un estúpido fracasado con cuestiones estúpidas. Ahora ya no sé lo que iba a decir.

—Si tú fueras la abuela.

—Si yo fuera la abuela me hubiera quedado en la cama hasta las doce en lugar de levantarme a la hora del lechero. Pero como no soy la abuela y ya me he levantado voy a subir a arreglarme y nos vamos a ir a pasear.

Se puso en pie ciñéndose el albornoz en el fuerte contraluz de la ventana.

—Mientras tú duermes, las estaciones se suceden en la montaña —dije citando a un poeta insomníaco.

—Mientras yo duermo, descanso —dijo ella—. Espera un momento.

Toti Tang se levantó y la siguió hasta uno de los muebles de la biblioteca. Pensé que iba a buscar el inevitable álbum de la familia, pero regresó con un volumen satinado, rectangular, con el lomo rígido y las aristas bien marcadas, como un estuche. Era un libro de pintura. Me lo dejó en las rodillas y subió a encerrarse en el cuarto de baño.

Toti Tang se quedó conmigo. Un gato cruzó a través del seto que separaba los jardines y acudió al resplandor de la piscina. Luego se alejó llevando detrás una sombra sedosa. Oí el ruido de la ducha y el minúsculo ajetreo de las operaciones de aseo. Fui pasando las hojas de aquel libro, gratas al tacto, brillantes y de excelente calidad. Un individuo diminuto, con gafas de carey y en pantalones cortos, se había fotografiado al pie de murales inmensos, que parecían ejecutados con grandes brochazos por alguna máquina o algún artilugio de ingeniería, desmontado por el diminuto hombrecillo una vez concluida la labor. En la última página aparecía su retrato, en blanco y negro. Era el rostro de quien ha pasado por todas las vicisitudes de cualquier industrial. No era el rostro de un superviviente, era una falsa contribución a la Historia, al límite de la suplantación. Tales personas, me dije, levantan pasiones salvajes y han cruzado la mirada con un pelotón de fusilamiento a los veinticuatro años, y al cabo todo redunda en la hipermetropía y el agotamiento muscular. Oí cómo Alicia pasaba del cuarto de baño a la habitación. En un momento dado *Toti Tang* se incorporó sobre la alfombra y se dirigió con un trotecillo hacia el luminoso panel de la ventana, quizá porque había visto pasar de nuevo la sombra del gato. Finalmente Alicia apareció al pie de la escalera, primaveral y fragante. Me levanté y dejé el libro donde ella lo había tomado. Nos movíamos con discreción, procurando no hacer ruido. Pasamos de puntillas delante del cuarto de la abuela. Descolgué mi chaqueta del perchero. Cerramos la puerta de entrada reteniendo el picaporte. La abuela nos había dejado la noche anterior las llaves del Buick, y *Toti Tang* se vino con nosotros.

Una de las curiosidades de San Diego, además de sus cincuenta y siete variedades de palmeras, es su parque zoológico. Alicia lo sabía, o lo había leído en un folleto turístico que había recogido en el aeropuerto. Se sentó al volante del Buick y me preguntó si quería ver animales exóticos. Le dije que no me importaba, pensando que quería recorrer las calles y ver californianos. Luego, una vez en la avenida, siguió los paneles flechados con la silueta de un elefante y comprendí de lo que se trataba. *Toti Tang* se acomodó sobre mis rodillas, y las flechas del elefante nos condujeron hasta la entrada de una ciudad jardín, que de hecho era otra ciudad.

El parque zoológico me produjo un sentimiento confuso, como si me hallara en un lugar de castigo donde parte de los ciudadanos habían sido transformados en animales por delitos de carácter menor. Tigres y cebras cumplían condena esperando volver a la vida civil. Un oso era oso por hacer trampas en el juego. Los monos se esforzaban por transmitir mensajes al exterior. De suyo el parque era mucho más agradable que una granja de rehabilitación. Un león perezoso, resignado y de larga melena, me pareció estar condenado a perpetuidad. Nos paseamos entre lagos ficticios y roquedas metafóricas. Nos sentamos a tomar un refresco en una cafetería, bajo un toldo que imitaba un follaje tropical. Desde allí se dominaba aquel paisaje sometido a reglas estrictas, como uno imagina que son las colonias utópicas. Durante la mayor parte del recorrido tuve a *Toti Tang* bajo el brazo. El perro me lo agradecía, pues tenía conciencia de ser enteramente un perro. Mi temor y el suyo era que no me lo dejaran sacar de allí. Cuando se vio de nuevo en el coche se sacudió aliviado. Todos los espíritus superiores temen que llegue para ellos el día del cautiverio.

Hacia mediodía decidimos buscar algún lugar para comer. Alicia se orientó hacia el mar, y siguiendo las indicaciones encontró la playa. Era una costa sin accidentes notables, deslumbrante y cargada de realidad, salpicada de puntos de color, un quiosco, un grupo de atletas, limitando la irresistible sensación de vacío. A lo largo de la arena se sucedían los *bungalows* de madera, con una veranda o un porche entablado, pintados de blanco y ocre, haciendo frente al océano como una barrera abandonada o nostálgica, ni habitados en permanencia ni entregados a la carcoma o al salitre. Alicia fue siguiendo la playa por espacio de tres kilómetros. Luego volvió, haciendo frente a la lejana abstracción gris de una base militar. Una cresta de humo ceniciento se desprendía de dos chimeneas y se perdía hacia alta mar. En una zona urbanizada, entre la visión del puerto y la interminable sucesión de *bungalows,* encontró varios restaurantes. Eran lugares reiterados, de terrazas vacías, como localidades de un espectáculo muchas veces repetido con mínimas variaciones de sombrillas y mobiliario. Escogimos una terraza con sombrillas verdes y nos sentamos frente al mar. Los asientos cedían diez centímetros y luego se proyectaban dos hacia delante. Uno se hallaba confortablemente acogido y al mismo tiempo invitado a insistir en ese confort. El resultado era un balanceo que terminaba por reproducir el balanceo del mar.

Alicia pidió un filete y yo unas salchichas con un par de cervezas. De las jarras desbordaba una espuma firme que al primer sorbo dejaba sobre los labios un efímero y sabroso bigotito blanco. El camarero, un mexicano con una holgada camisa y gafas de estudiante de sociología, se sentó en una silla cercana con la bandeja sobre las rodillas. El sol convertía el disco de la bandeja en un potente espejo y nuestra digestión en un viaje sideral.

—¿Estás seguro de que California avanza hacia el mar? —preguntó Alicia meciendo la silla. A nuestras espaldas el flujo de automóviles corría paralelo a las olas.

—Estoy seguro.

—Estamos al borde de la catástrofe —dijo calculando los cincuenta metros de arena que nos separaban del agua.

—Nadie se inquieta.

—Es cierto, nadie se inquieta. Aquí parece que nadie se va a morir. ¿Has visto algún cementerio?

—Lo tienes delante de los ojos.

Nuestras sillas se mecían al mismo ritmo. El disco de la bandeja enviaba un destello intermitente a los ojos de Alicia.

—Sí, claro, el océano Pacífico —dijo tras una pausa—. Todos acabarán ahí, la geología no miente. ¿Sabes lo que pienso? Desde que hemos salido de Barcelona me parece que no he dejado de viajar. Me parece como si estuviera viajando en el túnel del tiempo.

—¿Por qué?

—Me figuro que por haber encontrado a la abuela. Hay cosas que no se explican. La abuela me dice, sonríes como tu madre, y yo sé que me está diciendo, sonríes como yo que soy tu abuela. ¿Qué crees que quiere decir con eso?

—Quiere decir que no se quiere morir.

—¿Tú crees que yo sonrío como mi abuela?

—Eres muy Kerrigan —dije yo cogiéndola por la mano.

Alicia volvió la cara y el destello de la bandeja la transfiguró.

—¿Qué es ser muy Kerrigan?

—Todas esas cosas, Alicia, todas esas cosas. Es la supervivencia de los gestos, una forma de inmortalidad. ¿No te ha dicho a quién se parece el perro?

—No.

Toti Tang tomaba el sol, muy serio, chato y de buena raza, como un emperador.

—Ya ves que no te tienes que preocupar. Lo curioso es que no te haya dicho a quién se parece el perro.

El pekinés estiró una pata y Alicia le acarició el lomo con la punta del pie.

—Se parece un poco al abuelo.

Sonrió cerrando los ojos al destello que la cegaba y permanecimos un buen rato en silencio. Luego me habló de su infancia, con los ojos cerrados. Recordaba un paseo por la playa, precisamente, cerca de Barcelona, o en Mallorca, donde la seguía un perro y su madre arrojaba un pedazo de madera y el perro lo traía, y otros perros se juntaron, saliendo de las dunas. Era un animal desconocido. A menos que se tratara de un amigo de su madre transformado en perro, añadió abriendo un ojo, ¿quién sabe cuál era el poder de las Kerrigan?

—De ser perro, a mí me gustaría ser galgo.

—Lo tendré en cuenta —dijo Alicia—. Pero no ha llegado tu hora.

Consultó el reloj. Detuvo el balanceo de la silla y yo detuve mi oscilación con unos segundos de intervalo. Nos pusimos en pie dejándonos proyectar perezosamente por el resorte. El camarero se levantó y el disco de la bandeja barrió con un arco medio establecimiento. La playa era una larga línea anaranjada. Alicia buscó los dólares en el bolso mientras el camarero recogía los platos con un resto de salchicha ya curtido por el aire de mar.

Como ya he dicho antes, San Diego gozaba de buena reputación en el complicado mundillo de los especialistas de palmeras por sus cincuenta y siete variedades. En el trayecto de ida, siguiendo las flechas del elefante, yo había podido observar cinco variedades. En el trayecto de vuelta nos perdimos, y creo haber observado las cincuenta y dos restantes. Desde el punto de vista botánico, fue un retorno muy bien aprovechado. Alicia pretendía orientarse observando la grupa del elefante, es decir, siguiendo las flechas al revés. Otra de sus referencias eran los puntos cardinales. El mar se hallaba al Oeste. Los otros tres puntos cardinales sufrían cierta confusa rotación. El resultado fueron dos horas equívocas, deambulando por avenidas profusamente plantadas con todo tipo de palmeras, succionados y digeridos por las autopistas urbanas, rodeados de elefantes, eso sí, hasta la pesadilla. Finalmente, se detuvo en una glorieta solitaria con un interesante bosquecillo de palmeras en el centro, y un pequeño rebaño de paquidermos avanzando en sentido giratorio. Un agente de policía era el propietario de aquel edén. En su lengua sencilla y primitiva nos indicó que nos hallábamos a dos cruces de nuestra calle. Eran las cinco de la tarde cuando llegamos a casa. Alicia metió el coche en el garaje y respiramos satisfechos, cargados de experiencia.

La primera sorpresa fue que la abuela no nos saliera a recibir. *Toti Tang* saltó de mis brazos y se precipitó hacia la cocina, luego hacia el salón. Al traspasar el umbral parecía ya de noche. Alicia se acercó al pie de la escalera y gritó:

—Abuela.

Toti Tang regresó del salón, pasó a la biblioteca y se detuvo indeciso. Alicia me miró con la mano puesta en el interruptor de la luz. La duda era saber si Ana Kerrigan dormía aún, si el sueño podía transformar la casa en un laberinto silencioso. Transcurrió un siglo hasta que la duda se rompió. Juntos nos lanzamos hacia la habitación de la abuela. Alicia abrió la puerta. En la penumbra descubrimos la habitación vacía, la cama intacta. Una corriente de aire agitó los visillos insistiendo en la ausencia. *Toti Tang* se deslizó entre nuestras piernas, recorrió el cuarto y se fue, porque indudablemente tampoco se hallaba allí lo que buscaba.

—Bien —dije yo acercándome al tocador, una mesa de cristal con algún destello de plata. El espejo reflejaba mis manos que se acercaron a un frasco de esencia. Las manos dejaron el frasco, apartaron un cepillo y un minúsculo estuche nacarado con forma de corazón—. Ana Kerrigan no ha pasado la noche aquí.

Alicia cerró las cortinas de un tirón.

—No puede ser.

—Tu abuela no ha pasado la noche aquí.

—No puede ser —repitió Alicia irritada. Encendió la lámpara de la mesilla de noche, una tulipa malva sobre un mármol donde se reunía un pequeño congreso farmacéutico junto a un vaso de agua. Examinó algunos frascos y los volvió a dejar. Luego empezó a dar vueltas. Su sombra se proyectaba levantando un chal de una silla y dejándolo caer. Abrió el armario y la habitación bostezó una colección completa de flácidas abuelas. Estuvo a punto de mirar bajo la cama.

—No seas ridícula, Alicia, cálmate, tu abuela no está aquí, pero no ha pasado nada. Si hubiera pasado algo, el perro estaría aullando. Los perros son los primeros que conocen el peligro del amo.

—No seas estúpido. No es normal que la abuela no esté aquí.

—Ha podido ir a casa del senador. Ana Kerrigan es ya mayor de edad.

—Ya sé los años que tiene mi abuela. Figúrate que hemos hecho diez mil kilómetros por eso —dijo apartando un cojín de un manotazo.

—Es normal que haya querido pasar la noche con el senador.

—Es normal, pero hay algo que no es normal.

Salió de la habitación y subió las escaleras. Registró la alcoba donde la abuela se había cambiado de vestido. Entró en el cuarto de baño y en nuestra propia habitación. Fue dejando luces encendidas y puertas abiertas. Mientras tanto yo permanecí en el cuarto de Ana Kerrigan. Olía a crepúsculo y a química, y a perfume ya muy disuelto. En el sedimento silencioso de la alfombra brillaba un alfiler de cabeza verde, que recogí y dejé en el tocador, donde volvieron a aparecer mis manos, esta vez con mayor seguridad pero con todo ajenas. Dentro del estuche de nácar con forma de corazón se hallaban cuatro píldoras de color escarlata, diminutas y ovoides, como sangre gelificada de alguna reliquia. De un cofrecillo de plata surgió un tesoro insignificante, una cadena con el cierre descompuesto, un dije, dos botones de camisa que parecían de carey, un comprimido en un sobre plastificado del tamaño de un sello de correos, y dos sortijas de poco valor. Con ello se encontraba un papel plegado apenas más grande que el comprimido, con una inscripción en aquel momento enigmática: *Hasta que regreses.* ¿Quién? La escritura era antigua y los años habían tenido tiempo para diluir, al mismo tiempo que el azul de la tinta, su significado. De un cordoncillo trenzado colgaba una llave que se enredó entre los dedos, quedó apartada, volvió a encontrarse en el camino de la mano y al fin halló su lugar, la cerradura dorada de un cajoncito bajo el espejo, donde la fuerza de la curiosidad se detuvo sin hacerla girar, paralizada por un súbito pudor, o la oscura conciencia de que, por la espalda, el armario mal cerrado se había abierto liberando su colección de testigos. *Toti Tang* me observaba desde la puerta. Oí que Alicia bajaba de nuevo las escaleras y al rato la vi sentada en el escritorio de la biblioteca consultando agendas. Luego descolgó el teléfono y supe que llamaba sin cesar al apartamento del senador.

A la media hora detuvo la operación, porque donde el senador no respondía nadie. Un cuarto de hora después reanudó las llamadas con el mismo resultado. Mientras tanto me ocupé de la cocina. Di de cenar al perro y cuando todo estuvo listo me acerqué a Alicia por detrás y la cogí por los hombros. Ella volvió la cara.

—¿Qué ha pasado?

—No ha pasado nada. Todavía no ha pasado nada. Ahora vas a cenar algo y luego vamos a examinar la situación.

Se dejó llevar hasta la cocina. Nos sentamos a la mesa bajo el tubo fluorescente. El perro había desaparecido y su plato vacío indicaba que la preocupación no le había mermado el apetito. Preparé un zumo de tomate y Alicia se lo tomó absorta, como si hubiera perdido algo en el itinerario de regreso del parque zoológico y una niebla en el cerebro le impidiera recordar qué.

—Lo más natural es esperar —dije yo—. Tu abuela puede regresar de un momento a otro.

—¿Dónde está?

—Tú no puedes saber dónde está. Hace veinte años que no ves a tu abuela y no puedes saber dónde pasa las tardes y las noches.

Alicia no respondió. Quise llenar el vacío con palabras y con unas lonchas de jamón en dulce. Ya sabíamos que Ana Kerrigan había sido toda la vida una mujer independiente, y no podía haber dejado de serlo a los ochenta años, aun cuando ello redundara en dejar plantados a sus dos nietos, a su nieta y a su nieto consorte. Y al perro, de cuyo cariño y fidelidad no se podía dudar. Señalé el buen apetito de *Toti Tang,* incitando a que le imitáramos. No se trataba de cenar albóndigas caninas, sino aquel excelente jamón de York.

—No soy una niña, Ricardo. Tengo una preocupación real.

Entonces detuve el molino de palabras.

—Yo también, Alicia.

—¿Qué vamos a hacer?

Me sentí torpe y sin experiencia en casos de desaparición.

—Esperar.

Alicia se encogió de hombros.

—De acuerdo. Pero déjame esperar en silencio.

Toti Tang volvió a la cocina. No podía decirse que estuviera tranquilo. No encontraba rincón ni lugar, y alzaba continuamente los ojos a las lámparas.

A las nueve y media sonó el teléfono. Alicia se precipitó y descolgó el aparato. Yo descolgué el auricular. Un vecino, con voz apasionada, nos planteaba un complicado caso de conciencia. Había pedido prestada a Ana Kerrigan la máquina de podar. Desgraciadamente había perdido una hoja, sin que en ello entrara en juego su responsabilidad. Aun así, haría lo posible por encontrar una hoja correspondiente al modelo, algo antiguo, pero con todo eficaz, siempre y cuando trabajara con sus tres guillotinas. En lo intenso del discurso yo creí que hablaba de política. Alicia se disculpó y prometió transmitir el incidente a su abuela. Colgó el teléfono y regresamos al sofá.

Media hora más tarde quiso llamar de nuevo a casa del senador, pero la señal se propagaba en un ámbito aparentemente abandonado, con muebles enfundados y una sonora ausencia, que Alicia interrumpió dejando con violencia el aparato. Toda la casa estaba iluminada, la habitación de la abuela, las escaleras, la cocina y el salón, el retrato de mamá Kerrigan, los anaqueles de libros, el cuero fino y sin huellas del escritorio, como si se hubiera extraviado un objeto precioso y se procediera, para hallarlo, a un registro global. La ronda de noche vería desde la calle una casa en fiesta. Alicia reflexionó durante largo rato. Luego emprendió un nuevo recorrido por las habitaciones, sin motivo preciso, y la ronda, o el vecino perspicaz a quien la voz de Alicia, ajena a los problemas mecánicos de una máquina de podar, hubiera levantado sospechas, observaría la extravagante silueta recortada en los rectángulos sucesivos de las ventanas, corriendo o descorriendo un visillo, alzando un vaso con una aspirina, llevándose la mano a la sien como una tentativa de suicidio con arma corta, fotogramas desconcertantes que de sucesivos parecían llegar a ser simultáneos, multiplicados, Alicia en todos los estados del desorden mental. El movimiento acelerado se detuvo cuando sonó el timbre del porche. El pekinés ladró. Alicia suspendió un gesto en el aire. El vidrio esmerilado de la puerta de entrada, al fondo del pasillo, recortaba dos bultos idénticos, hombro con hombro, cubiertos con lo que la difracción de la luz transformaba en birretes o en esquinados turbantes. Nos acercamos a abrir la puerta los tres juntos, y bajo la lámpara del porche apareció la Policía con sus gorras de plato.

Eran dos hombres jóvenes, algo recelosos. Habían advertido movimientos extraños en la casa. Un vecino señalaba tentativa de efracción con vistas a apoderarse de utensilios de jardín. Alicia les hizo pasar. Por encima de su hombro se veía el impecable automóvil blanco y azul, prolongado en la noche con varios metros de reflejos cromados. De la radio policial surgía un bisbiseo entrecortado y algo de música bailable. El vecino Máquina-de-podar observaba detrás de su ventana el silencioso girofaro.

—¿Todo en orden, señorita?

Alicia permaneció muda y el agente repitió la pregunta.

—¿Todo en orden?

—Ha desaparecido mi abuela —dijo de pronto.

Los dos hombres sonrieron.

—¿La ha buscado a fondo?

Alicia se volvió hacia mí y me dijo en español:

—¿Por qué parece una broma que yo diga que ha desaparecido mi abuela?

—Cálmate. Ellos acaban de llegar.

Uno de los agentes sacó un bloc de notas del bolsillo trasero del pantalón apartando la culata del revólver.

—Los viejos desaparecen bastante. No es una broma, señorita. Unos desaparecen porque se mueren. Y otros sólo porque desaparecen. ¿Quiere presentar denuncia?

—Mi abuela es simplemente de los que desaparecen —tartamudeó Alicia.

—Eso todavía no se puede saber. ¿Quiere presentar denuncia?

Alicia me consultó con la mirada.

—Creo que quiero presentar denuncia —dijo al fin.

En el mismo quicio de la puerta el agente tomó nota de que Ana Kerrigan, de ochenta años de edad, estatura media y ojos azules, no había vuelto a su domicilio desde la tarde del día anterior. Vestía traje largo, llevaba un hermoso collar de perlas y usaba un perfume tan evocador que Alicia se echó a llorar, y hube de consolarla y terminar yo mismo la descripción. El agente cerró el bloc. Discretamente lanzó una ojeada al interior de la casa y se despidió de nosotros llevándose la mano a la visera. Su compañero le imitó. Unos minutos después se evaporaban en la noche, dejando una calle vacía y un vecino defraudado.

Alicia tomó un somnífero y subió a dormir. Yo permanecí un buen rato deambulando por la casa. Creo que *Toti Tang* hizo lo mismo, pero en ningún momento nos cruzamos.

Durante muchas horas, aquella noche, yo no supe qué pensar, pero no me ganó el desconcierto, ni siquiera un mal presagio, y soñé con un viaje prolongado más allá de aquella casa, hacia un espacio azul que sin duda era el mar. Si el oráculo de una desgracia se manifestaba no era bajo forma de pesadilla. La muerte conduce a un recinto cerrado. El horizonte abierto era la metáfora de la inmortalidad.

El inspector Mulligan, un hombre fuerte, de espumosas patillas, vestido de civil y con olor a tabaco, se presentó a sí mismo sobre las once y media de la mañana, cuando Alicia despertaba de un sueño estupefaciente. Al inspector Mulligan le acompañaba el hombre que había recibido la denuncia el día anterior. Resultó ser el agente Dávila, de la comisaría del distrito. El agente Dávila hablaba español, porque una comisaría de San Diego debía contar entre sus miembros con una proporción de chicanos naturalizados igual a la que circulaba por sus calles, aunque infinitamente menor a la que llenaba la prisión local. El inspector Mulligan en seguida participó su condición de irlandés. Conocía a Ana Kerrigan por haberla frecuentado en asuntos de desaparición. Con sus pequeños ojos pálidos y duros en un rostro afable y casi risueño, dejaba entender que alguna complicidad irlandesa existía entre él, inspector de la comisaría de aquel barrio habitualmente tranquilo, de calles bordeadas por las especies de palmeras que le correspondían, y ella, Ana Kerrigan, una anciana pintoresca que cuando perdía las llaves acudía a su despacho como una dama que consulta al mayordomo. En cierta ocasión la recibió en comisaría por un asunto de paraguas extraviado. En otra ocasión la había ayudado a recobrar el perro, igualmente extraviado. *Toti Tang* debía de guardarle por esta razón cierta gratitud. Le dio la bienvenida agitando la cola, y el inspector, bajando de su metro ochenta de altura, dobló su vientre con alguna queja de las costuras del pantalón y le rascó detrás de las orejas.

Alicia hizo pasar a los dos hombres al salón y les ofreció asiento. Ambos prefirieron permanecer de pie. El agente Dávila contemplaba la moqueta como si hubiera descubierto una mancha de sangre. El inspector, más confiado, nos sonrió.

—El agente Dávila presentó ayer su denuncia por la desaparición de Ana Kerrigan —empezó a decir, como si después de haber perdido el paraguas y el perro, la última consecuencia de una desmemoriada existencia fuera que se perdiera la propia protagonista—. Únicamente veníamos a decirles que se ha abierto una investigación en el área.

—Una desaparición de menos de veinticuatro horas no es una desaparición —dijo el agente Dávila—. ¿Son ustedes españoles? —preguntó en castellano.

Alicia respondió que sí.

—Hermoso país. Y una próspera república.

—España no es una república.

El agente Dávila no se inmutó.

—Es igual —dijo perdonando aquel defecto.

El inspector Mulligan bajó los ojos y se frotó las manos lentamente.

—Lo que quiere decir el agente Dávila es que sería conveniente que nos enseñaran sus papeles.

—¿Es necesario que mi mujer demuestre que es la nieta de Ana Kerrigan?

El inspector se encogió de hombros y el agente Dávila sonrió de oreja a oreja.

—Éste es un país libre —dijo el inspector—. Usted no tiene nada que demostrar, pero a mí me gustaría ver sus papeles.

Me volví hacia Alicia.

—¿Qué dice exactamente?

—Dice que no tienes nada que demostrar, pero que mejor subes a buscar los pasaportes.

Los dos hombres se mantenían a dos metros escasos el uno del otro, como dos invitados poco exigentes en sus bebidas, ni siquiera exigentes en su confort, puesto que no habían aceptado ni lo uno ni lo otro, permaneciendo sencillamente de pie, el inspector Mulligan observando el decorado interior donde vivía aquella anciana que perdía objetos y animales antes de perderse a sí misma, el agente Dávila contemplando el césped alrededor de la piscina como si descubriera huellas frescas de una tumba apresuradamente excavada. Cuando bajé con los pasaportes las piezas apenas habían cambiado de situación. El inspector, con la nariz a escasos centímetros del cristal, apreciaba los detalles de una de las fotografías de familia. El agente Dávila, con las manos en las caderas y la indolente elegancia de un hombre armado, había avanzado un paso hacia el panel de vidrio donde reverberaba el agua de la piscina. Alicia se había sentado con las manos en las rodillas, y dudaba si por segunda vez debía ofrecer una bebida a los visitantes.

—Aquí están los pasaportes.

Los dos hombres se acercaron. Entregué los documentos al inspector, que me dio las gracias con un balanceo de cabeza.

—Bien, muy bien. Es bueno conocer a las personas, y nuestra manera de conocer a las personas tiene que pasar por esto.

Sacó del bolsillo superior de la chaqueta unos lentes diminutos que ajustó sobre su nariz, y aquella miopía insospechada en un hombre de su envergadura tenía algo de lejanamente familiar, el recuerdo de un profesor examinando un boletín de calificaciones escolares. Pasó las hojas del primer pasaporte musitando los datos para sí, mi nombre y apellidos, deletreándolos con la misma aplicación que si se encontrara en un cursillo de idiomas. Luego se lo pasó al agente Dávila, que examinó los datos a su vez.

—Barcelona.

—Eso es, Barcelona.

Dudó unos segundos antes de arriesgar un comentario histórico y finalmente se abstuvo.

—Se parece usted mucho a su abuela —dijo el inspector con el pasaporte de Alicia en la mano.

Levantó la mirada de la fotografía y contempló a Alicia con sus ojillos azules por encima de los lentes que habían resbalado hasta la punta de la nariz.

—Quiero decir que en esta fotografía usted se parece mucho a su abuela —añadió recogiendo el primer pasaporte de manos de su ayudante y entregándome ambos documentos—. Es muy grato decirles que están ustedes en su casa.

—Gracias.

Guardó sus lentes en el bolsillo con un gesto parsimonioso, definitivo, que no implicaba sin embargo que su curiosidad hubiera quedado completamente satisfecha.

—En cuanto a la señora Kerrigan, esta tarde tendremos noticias tuyas. No es bueno alarmarse, ni alarmar al vecindario. Tampoco es bueno quedarse cruzado de brazos.

Hundió las manos en los bolsillos del pantalón apartando los faldones de la chaqueta. La luz cortaba su cuerpo en dos a la altura del pecho. Por un instante descubrió la breve cinta de cuero, sobre la camisa, y el bulto del revólver en la sobaquera.

—¿Qué saben ustedes de John Winston Fernandes?

Dieciocho horas antes la cuestión hubiera carecido de sentido, cuando Johnny Fernandes se paseaba por este mismo salón con una ginebra en la mano, dominaba sus reúmas y ensartaba un discurso vagamente mitológico. Dieciocho horas después, y en virtud de aquella pregunta, el personaje parecía inexistente, inventado a media tarde, o introducido en el pasado de la abuela al mismo título que cualquiera de los perros que habían precedido a *Toti Tang*.

—¿Winston Fernandes?

—El amigo de su abuela. El hombre con el que fue a Tijuana.

—Según lo que declararon ustedes anoche, las desapariciones son dos —dijo el agente Dávila.

—Sí, claro. Lo que pasa es que nosotros no sabemos nada de Johnny Fernandes.

—Es senador —dijo súbitamente Alicia.

—No, no es senador —corregí—. Le hemos llamado senador porque parece una persona distinguida. ¿Teníamos que saber algo de él?

El inspector sacó una libreta del bolsillo y se caló de nuevo los lentes.

—En 1949, exceso de velocidad. En 1954, exceso de velocidad. En 1968, desórdenes públicos. En 1975, exceso de velocidad.

—¿Yavé?

—Poco importa a quien invoque usted en su descargo —dijo el agente Dávila—. El amigo de su abuela se ha pasado medio siglo saltándose las limitaciones de velocidad.

Alicia se volvió hacia mí.

—Yo no creo que la abuela...

—A los jubilados les gusta el acelerador —insistió el agente Dávila.

El inspector guardó la libreta donde los hombres rendían cuenta de sus actos a lo largo de toda una vida.

—De momento no hay nada que temer —dijo apartándose de la escuadra de luz—. Nadie ha ingresado en ningún hospital a nombre de Kerrigan-Fernandes. Naturalmente queda por esperar el informe de la Policía mexicana. Si su abuela se ha roto un fémur, a estas horas está en un hospital de Tijuana y las cucarachas se le suben por la escayola. En el mejor de los casos. Estoy hablando en el mejor de los casos. La Policía mexicana enviará el informe esta tarde o mañana. El agente Dávila se lo comunicará en cuanto lo reciba. Es todo lo que podemos hacer. Todas las multas de Winston Fernandes hasta la fecha han sido pagadas —concluyó.

Los músculos de su mandíbula se dibujaban bajo la piel de las mejillas con la misma armonía elástica que su voz. Se abotonó la chaqueta y arrojó una mirada a su alrededor. Dio un paso al frente y entró completamente en la luz. Alicia se puso en pie.

—Nada es tan grato como haber conocido a la nieta de la señora Kerrigan —dijo ofreciendo la mano.

—Gracias.

—Y a su nieto —dijo alargando la mano hacia mí—. Se parece usted...

—No, yo no creo que me parezca a nadie.

Frunció el ceño unos segundos mientras el agente Dávila se despedía a su vez. Les acompañé por el pasillo. Cerré la puerta tras sus espaldas y regresé. Alicia, inmóvil y pálida en el centro del salón, parecía recoger el último rumor de la conversación. La presencia de los policías había dejado en la casa un eco extraño. Sus pasos resonaban sobre la tarima como si calzaran espuelas. En el aire permanecía el tema que habían venido a anunciar: accidentes, escayola, cucarachas. En el mejor de los casos. Y ese absurdo propósito se prolongaba en ondas cada vez más tenues, cada vez más confusas: exceso de velocidad en 1949. Parecía que los años gloriosos del automóvil fueran evocados en modelos sucesivos, de colección. Carrocerías de color pastel con una rotunda interpretación de las leyes de la aerodinámica, parachoques barrocos. El diseño evolucionaba como lo haría una especie animal. Exceso de velocidad en 1954. Alicia ni siquiera había nacido. Se revolucionó entonces la industria del automóvil con la invención de los frenos de disco, y se introdujeron mejoras fundamentales como el control eléctrico de las ventanillas. Otros tiempos trajeron el júbilo de las grandes autopistas y el sentimiento de vivir en el paisaje. Pero allí estaba el inspector Mulligan a las puertas del infierno desgranando la lista de infracciones al código de la circulación, como si con ello tejiera un destino, o la fatalidad resultara tan nimia y tan banal que pudiera quedar encerrada en los archivos de la jefatura central de tráfico.

—Es absurdo.

Alicia, con las manos delante de la boca, movió lentamente la cabeza. Con los ojos muy abiertos y opacos veía la vertiginosa sucesión de obstáculos, el volante súbitamente enloquecido, la noche cambiando la posición de las estrellas y las antípodas de la tierra surgiendo en el lugar ocupado un instante por la Osa Mayor.

—Es absurdo, Alicia, no vayas a creer...

Pero no pude terminar, porque ella rompió a llorar.

Alicia tuvo ocasión de aliviar su tensión nerviosa hasta que aparecieron bajo sus ojos dos bolsitas con otras reservas de llanto, y sus gestos se tornaron, por fatiga o por inercia, imprecisos, sin objeto ni necesidad real. Entonces se hico el silencio. Los párpados enrojecidos resucitaron un rostro infantil, como cuando de niña mamá Kerrigan le lavaba la cara y el jabón se metía por los ojos. La vi desnuda en el espejo del cuarto de baño, entrando en un baño tibio. Luego pasó delante de mí envuelta en un albornoz, pero habían transcurrido horas.

Por la tarde salí a pasear con el perro, que en dos ocasiones había mostrado su buena disposición dirigiéndose hacia la puerta. *Toti Tang* parecía reservado, es decir, mantenía una actitud independiente que nada tenía que ver con la opresiva sensación de ausencia que se respiraba en la casa, o por el contrario, el hecho mismo de constatar la ausencia le incitaba a mantener su propia integridad aislándose, como hacen los perros decididos a esperar toda una vida. Era un perro sabio, que consideraba de por sí una locura el hecho mismo de poseer el carnet de conducir. Pero ¿quién era John W. Fernandes para conducir, en el sentido más estricto, conducir, los destinos de Ana Kerrigan? El pekinés caminaba delante de mí, estudiando con ahínco los efluvios de determinadas farolas, desdeñando otras, rascando con la profunda convicción de sus cuatro patas un rectángulo de césped en la confluencia de nuestra calle con la primera avenida, donde a todas luces se cerraba la frontera de su territorio doméstico, y donde se detuvo un instante para contemplar con nostalgia el tráfico lento de la encrucijada y la lejana perspectiva de los cuatro puntos cardinales. El día se había cubierto con una colcha de nubes bajas y hacia el Oeste dominaba un resplandor. De mis manos a su collar, la correa comunicaba nuestra mutua solidaridad. Dimos la vuelta pausadamente. En ningún momento abandonó la correa aquella curva flácida que expresaba la total confianza en la isocronía de nuestros pasos. El paseo se prolongó hasta la extremidad opuesta de la calle, en una suerte de movimiento pendular cuyo centro de gravedad era la casa. Alguien nos saludó, o mejor dicho, alguien saludó a *Toti Tang*. Una encrucijada similar a la anterior nos retuvo. *Toti Tang* regresó con el hocico húmedo, fresco el espíritu y aliviado el cuerpo de las inevitables necesidades terrenales.

Por descuido la lámpara del cuarto de la abuela había quedado encendida, probablemente desde el día anterior, y advertí la claridad sin sombras, tenue como un pañuelo, que surgía de la puerta y buscaba un reflejo en la región más oscura del pasillo. Recordé los breves hallazgos del tocador, los tesoros menudos, los misterios, y la evidente señal de que no es fácil ser cómplice de unas manos actuando en un espejo. Volví a entrar y me pareció que olía a tabaco. No, a tabaco, no. Me acerqué al disco malva de la luz.

Alguien cruzó el espejo y al apagar la lámpara el insignificante clic sonoro trastocó la situación. Inmediatamente surgieron fuegos sencillos en los objetos del tocador. Me apoyé en la mesilla y se estremeció la farmacia. Fui tanteando la cama y el armario. Alguien volvió a cruzar el suntuoso negativo del espejo. Alcancé la puerta y cerré detrás de mí con precaución. El picaporte se calzó en su alojamiento con la precisión de un revólver amartillado descargando en vacío.

Alicia se había sentado en el escritorio. Allí el círculo de luz era verde, algo más intenso y abierto en la parte superior, de forma que proyectaba hacia el techo un cono invertido quebrado en tres aristas, y sobre la mesa y el suelo un segundo cono, más amplio, que contenía la agitación estéril de Alicia y su sombra. En albornoz y zapatillas de baño, con el pelo recogido en una cola con un elástico verde, consultaba agendas y subrayaba con un lápiz rojo minúsculas direcciones en una voluminosa guía de teléfonos.

—Tengo que avisar a los primos de Chicago —dijo Alicia dispuesta a dar la vuelta al planeta poniendo en alerta a todos los Kerrigan.

—No tienes que avisar a nadie. Todavía no tienes que avisar a nadie.

—Pero yo sé lo que ha pasado.

—No tienes que avisar a nadie hasta que no te avisen a ti.

Alicia cerró los libros y escondió la cara entre los brazos, de bruces sobre la mesa, donde la luz cercenaba el cuello intensamente nacarado.

—No tienes que avisar a nadie y tú no tienes la culpa de nada.

Me incliné sobre ella sintiendo el cuerpo estremecido bajo el albornoz. No sabíamos que el senador al volante era un demente peligroso, no sabíamos que podía ocurrir un accidente, no sabíamos que los hospitales mexicanos estaban llenos de cucarachas. No sabíamos nada y por lo tanto no se podía avisar a nadie. Y por encima de todo, la víspera de los ochenta años, una persona es capaz de todo tipo de cosas, incluida una fuga apasionada y una enésima luna de miel.

Alicia irguió el busto y su perfil se recortó en la exacta confluencia de la lámpara.

—¿Tú crees?

—Por supuesto. ¿Quién te dice que no han acelerado para irse a Acapulco?

El inspector «Muelles...»

—El inspector «Muelles» no sabe lo que dice. Yo conozco a esa clase de profetas de fichero. Si no te matas, te mandan a la silla eléctrica por exceso de velocidad.

—Dame un pañuelo.

Busqué un pañuelo y la consolé como pude. De nuevo apareció el rostro infantil, los ojos enrojecidos y jabonosos.

—Hemos venido para un cumpleaños...

—De acuerdo. Hemos venido para un cumpleaños. ¿Y qué? No vas a lamentar que hayamos venido para un cumpleaños.

—Seguramente.

El perro se introdujo entre nosotros y nos separó. Alicia le cogió en brazos.

—¿Qué edad crees que tiene?

—No lo sé. Diez años.

—Eso en un perro debe de representar por lo menos ochenta años.

Alicia enterró la mano en el pelaje oscuro. El perro reconoció la caricia femenina y cerró los ojos. El hocico, algo babeante, expresaba gratitud.

—Me pregunto por qué no le han llevado a Acapulco.

—Eso no lo sabremos nunca.

Alicia me miró y dejó al perro en el suelo.

—Quiero decir que probablemente haya habido algún motivo —corregí—. La frontera. O las cucarachas. Un perro de este tamaño puede tener problemas serios con las cucarachas a partir de cierta cantidad. Además no es asunto nuestro. Nosotros tampoco llevamos un perro en nuestro viaje de novios. Lo importante...

—Ya sé lo que quieres decir.

—Lo importante, Alicia, es que te subas a acostar. El perro y yo nos quedamos esperando.

Alicia levantó el cuello del albornoz y hundió la barbilla en el pecho. Permaneció unos segundos inmóvil, con un puño cerrado delante de los labios, la otra mano apoyada en la mejilla. Parecía murmurar un secreto al espíritu encerrado en su puño. Su cuerpo infantil, ceñido por el cinturón del albornoz, proyectaba una sombra quebrada y vetusta. Fuera del ámbito de luz, *Toti Tang* husmeaba los rincones. Alicia suspiró como si hubiera llegado a una resolución incierta, y se alzó de puntillas para darme un beso. Luego se dirigió hacia las escaleras y subió a la habitación sin encender la luz, como los sonámbulos que conocen su camino. Antes de acostarse deshizo el elástico que recogía el pelo, y de las dos camas gemelas escogió aquella en que habíamos pasado la noche juntos.

El pekinés se instaló en el sofá del salón. Encontré a mano un tratado exhaustivo de jardinería dedicado a las hortensias. Era un libro misterioso, porque no había hortensias en ningún lugar de aquel jardín. Escogí una butaca junto al panel de vidrio que mantenía en levitación, en plena noche, una butaca idéntica, donde un espectro acudió a sentarse simultáneamente con un libro misterioso en las manos.

Transcurrió algo más de una hora, durante la cual me inicié en los rudimentos de una ciencia pacífica. La hortensia precisa de un suelo muelle, húmedo, y no obstante bien drenado. La mata frondosa de la hortensia agradece la caricia del sol pero teme sus excesos. Un diagrama mostraba la correcta relación de la hortensia con la astronomía. Otro diagrama ilustraba la insospechada vida subterránea de la hortensia. La Naturaleza es generosa en hortensias, pero no es la Tierra un planeta desprovisto de tensión. El enemigo de la hortensia es la cal. El enemigo de la hortensia es el pulgón. El enemigo más insidioso de la hortensia es un hongo microscópico. El milagro de la hortensia, como una metáfora religiosa, consiste en perfeccionar sus flores de un blanco sucio a un intenso azul. Y eso se logra únicamente con un aporte de hierro a sus raíces. La alquimia de la planta, con suma delicadeza, transmuta ese hierro en una intangible alteración de color.

En plena meditación sonó el teléfono. Fue un sonido devastador que hizo saltar al pekinés del sofá y arrasó las hortensias. Me lancé al auricular antes de que proyectara el segundo rayo. Sorprendí una voz femenina, el ruido automático de un conmutador, y finalmente la voz del agente Dávila. Hablaba con una sombra presente en su despacho. Luego bajó el tono, rodeado de silencio. Oí su respiración, el suspiro profundo de las noches de guardia, confidencial, fatigado, probablemente removiendo con una cucharilla el azúcar de una taza de café mientras sujetaba el auricular con la oreja y el hombro.

—¿Kerrigan?

—Soy el nieto de la señora Kerrigan. Buenas noches.

—Buenas noches.

Hubo una pausa, mientras acercaba a sus labios el primer sorbo de café.

—Lamento despertarle. A estas horas sólo puede ser la Policía, ¿no es verdad?

—No me ha despertado. Estaba esperando su llamada.

—Ya comprendo que estuviera esperando. Es por el asunto Kerrigan-Fernandes. Especialmente por la señora Kerrigan —dijo reanimado por el café—. Me figuro que estará impaciente por recibir noticias.

—Puede figurárselo.

—Ha llegado el informe de la Policía mexicana.

—Por favor...

—Le paso al inspector Mulligan.

El aparato cambió de mano. El inspector era la sombra que circulaba por el despacho, quizás en mangas de camisa y deshecho el nudo de la corbata, quizá no tan ansioso, sencillamente exhausto, sentado ahora en el borde de la mesa, balanceando un pie en el aire y la mano apoyada en el tablero que crujió bajo su peso.

—¿Kerrigan?

—Buenas noches.

—Buenas noches. Le habla el inspector Mulligan. Ha llegado el informe que estábamos esperando.

—Sí, ya sé que ha llegado el informe que estábamos esperando. Llevamos veinticuatro horas esperando ese informe.

—No se ponga nervioso, Kerrigan. Creo que lo mejor será que escuche. Hemos recibido el informe y se lo voy a leer.

Me pareció que se abría el espacio, y que transcurría una eternidad. Cerca de allí, entre la oscuridad de palmeras y *bungalows* dormidos, se barajaban unas cuartillas, y el inspector Mulligan se calaba los lentes y acercaba el busto al segmento de luz que proyectaba la lámpara. Su voz bien modulada comenzó a discurrir por los caminos de la prosa legal, sin sobresaltos, como si leyera las noticias de un diario radiofónico. El accidente había sido señalado a las tres de la madrugada. Del automóvil se habían extraído dos cuerpos. Intactos. Intactos como pueden estarlo dos cadáveres, aclaró Mulligan, sin mención de fracturas, ni mutilaciones, ni esos terribles espectros carbonizados que a menudo ofrecen las cunetas. Hallados como a veces se da el caso, con un hilo de sangre en la oreja, los ojos escrutando el más allá de un parabrisas fragmentado, y el aspecto de haber sido sorprendidos por la muerte a gran velocidad y en el curso de una amena conversación. Comenzó a leer el resultado de la autopsia, empezando por el menú de una cena en el frontón de Tijuana. Bruscamente se detuvo. Le oí balbucear una excusa. Luego dejó de lado las cuartillas, pero la noche ya había avanzado demasiado para añadir cualquier comentario.

—Créame que lo siento.

Pensé en Alicia, en las fotos de familia, súbitamente borrosas, en marcos de vidrio cuarteado.

—¿Kerrigan?

—Sí, le escucho.

—Créame que lo siento. La señora Kerrigan era muy apreciada en el barrio. Winston Fernandes era un viejo conocido, por así decirlo.

—Gracias.

—El agente Dávila se encargará de los trámites —dijo tras una pausa—. Reconozco lo penoso de la situación.

Añadió algunas frases confusas, buscando torpemente la manera de expresar su sentimiento. A su lado el agente Dávila encendía un cigarrillo, acompañando con un anillo de humo el irrisorio consuelo de la fatalidad. Al cabo me encontré solo. Un movimiento a mis espaldas me hizo volver la cabeza, pero no era nada, o mejor dicho, el movimiento era un crujido de la madera en lo alto de las escaleras. Recogí el libro caído y apagué la luz. Me levanté y comencé a subir los peldaños, palpando la pared con la yema de los dedos. Me desnudé en la oscuridad y me acosté junto a Alicia. Murmuré unas palabras a su oído y ella asintió. Tenía los pies fríos. Como una niña sobresaltada en el sueño, lo había oído todo desde lo alto de la escalera, blanca en su camisón.

Al día siguiente nos despertamos tarde. El sueño había sido profundo, irresistible, como después de una larga digestión. Me levanté de la cama y abrí la ventana. Luego me volví a acostar. Alicia, todavía somnolienta, se apelotonó en mis brazos. Su primer pensamiento fue para su abuela. Sintió una violenta angustia, pero el llanto no brotó, transformado en la aguda conciencia del día. El aire entraba tibio por la ventana abierta y una mosca cruzaba el rayo de luz.

—¿Ricardo?

—Sí.

—¿Cómo se muere en un accidente?

La mosca dibujaba incógnitas en el aire. En un accidente se muere como si el viaje prosiguiera, orientado a un horizonte que no es el camino de retorno. Pero nadie sabe qué clase de viaje se prosigue una vez que el cuerpo queda atrás. Me encogí de hombros. Una cama, una mañana soleada y una mosca no son condiciones suficientes para emitir una teoría de la inmortalidad.

—El accidente fue en el desierto. No digas que no es hermoso. Como los grandes animales cuando se sienten morir.

—¿Morir o irse a Acapulco?

—Quién sabe. Discutirían entre los dos.

Alicia se incorporó en la cama.

—Seguro que murieron discutiendo.

Hablamos de esas cosas, y de la mala suerte. Luego permanecimos en silencio largo rato. Al cabo nos dimos cuenta de que la situación nos había creado obligaciones, y nos levantamos para cumplirlas. Alicia evitó mirarse en el espejo, por si la inmortalidad aparecía reflejada. Yo recibí los buenos días de *Toti Tang*. Me esperaba al pie de la escalera, acongojado, porque era mediodía y ya le apretaban las ganas de orinar.

Alicia divulgó la noticia de la muerte de su abuela por el universo de los Kerrigan. Se cruzaron conversaciones en varias lenguas a ambos lados del océano. Unos, los primos de Chicago, anunciaron su llegada. Otros, los parientes bastardos de Roma, pensaban que Ana Kerrigan había muerto hacía varios años. Otros Kerrigan más lejanos parecían no entenderlo, confundiendo el caso con otra Kerrigan que sin duda era su propia abuela. La expansión del universo de los Kerrigan, en los últimos decenios, había provocado el surgimiento de galaxias independientes. Ramas enteras se habían desgajado, y Alicia supo de una Kerrigan que cumplía cuatro meses y ya tenía echado el primer diente. Respondió al pésame con una enhorabuena. Luego dejó de lado el teléfono y archivó las agendas.

—Todo está en orden —murmuró, como si hubiera verificado con precisión la ley de la gravedad.

El inspector Mulligan tenía razón. Ana Kerrigan había sido una mujer muy apreciada, y tenía muchos amigos en el barrio. Sobre las cuatro de la tarde llamaron a la puerta. Alicia salió a abrir, y en el umbral apareció una anciana de muy buen humor, pequeña, agradable de ver, con un compotero de fieltro y muselina sobre la cabeza y un paquete en las manos. Avanzó unos pasos, se plantó al pie de la escalera y exclamó:

—¡Feliz cumpleaños!

Sin esperar a que la abuela respondiera, deshizo el paquete. Eran unas diminutas zapatillas para pie de cortesana, de raso blanco, con un adorno de lentejuelas doradas y un pompón de plumas de color carmesí. Nos las mostró calzándoselas en las manos, guiñando el ojo en dirección a las alturas, de donde Ana Kerrigan no tardaría en bajar. Alicia, titubeando, empezó a explicar la situación. El aparato auditivo de la mujer, disimulado detrás de un pendiente, estaba desconectado, o bien su entendimiento no alcanzaba a comprender que se hubiera escamoteado un cumpleaños para sustituirlo por un funeral. Confidencialmente nos participó que las zapatillas le habían costado treinta dólares. Pero había visto las mismas por cuarenta dólares en otro almacén. Sus ojos, algo miopes y cargados de simpatía, escudriñaron el interior de la casa hasta que llegó a una conclusión.

—Creo que soy la primera en llegar.

Unos minutos más tarde sonaba de nuevo la campanilla de la puerta. Era un hombre maduro, de rasgos sombríos, que mantenía entre las manos una gorra de jardinero, en claro contraste con su aspecto endomingado. Alicia le invitó a pasar. El hombre se limpió largamente los zapatos en el felpudo de la entrada, como si temiera llenar la casa de barro, a pesar de que sus botines blancos no habían salido de la oscuridad de un armario desde alguna boda lejana, o desde algún cumpleaños como aquél. Sin embargo, en unas pocas palabras murmuradas mientras avanzaba pesaroso por el pasillo, dijo estar al corriente del suceso. Adiviné que se trataba de Máquina-de-podar. Saludó a la sorda con triste simpatía. Se conocían de cierta complicidad en el intercambio de tubérculos y semillas. Ambos siguieron a Alicia hacia el salón. Máquina-de-podar explicaba el accidente a la sorda, que asentía, todavía con las zapatillas calzadas en las manos. Les dejamos solos, porque la campanilla de la entrada volvió a repicar. Un pequeño grupo se apiñaba en el porche. A través del cristal esmerilado, en el contraluz grotesco, las siluetas se agitaban impacientes, cargadas de regalos, y no comprendiendo siquiera por qué se les hacía esperar.

Eran cuatro pensionistas del «Hogar del Jubilado», donde Ana Kerrigan tenía costumbre de acudir todos los sábados a echar una partida de cartas y a fumarse un puro. Esto último fue ilustrado por una de las cuatro amigas, que al rato sacó de una petaca un puro de cilindrada media y lo encendió con esa falta de afectación que sólo da la costumbre. De momento entró con ellas una atmósfera de salón de peluquería. Las cuatro vestían según una norma general, como ensayos diferentes de una misma moda veraniega para la tercera edad. Desfilaron por el pasillo como alegres vagones de ferrocarril. De repente la locomotora se detuvo en la puerta del salón, desconcertada.

—¿Dónde está Kerry?

Alicia se acercó tartamudeando. No acertaba a encontrar las palabras, porque su imaginación se representaba un crucifijo y un lienzo negro bordado con sus propias iniciales.

—¡Kerry! —gritó el segundo vagón.

El vagón de cola se volvió hacia mí con una sonrisa.

—Seguro que nos tiene preparada una sorpresa.

Máquina-de-podar se puso en pie y reunió a las recién llegadas en un pequeño concilio. Era un hombre meticuloso, que utilizaba términos precisos y un mínimo de descripción. En pocas frases dio a conocer lo sucedido con la misma serenidad que un funcionario del registro civil. Las cuatro amigas suspendieron un gesto en el aire. Las miradas buscaron el vacío. Las sonrisas se petrificaron. Las permanentes y los rizos azulados coronaron súbitas calaveras. Pero fue un instante breve, intolerable, eso sí, salvado en último término por la irrupción del movimiento. Las cuatro amigas tomaron asiento. Tres de ellas inclinaron el busto hacia delante para escuchar más detalles, y la cuarta sacó el puro de la petaca y se puso a fumar.

Era fácil adivinar lo que Ana Kerrigan había previsto para celebrar su cumpleaños. En la despensa encontramos dos bandejas de salmón, jamón dulce, canapés y pastelillos, y unos proyectiles que resultaron ser salchichas en miniatura. Tres botellas de champán yacían reclinadas en el frigorífico esperando la decapitación. Alicia comenzó a preparar las bandejas.

En aquel momento llegó el capitán Blake y salí a recibirle. Compartía con Winston Fernandes el mismo apartamento del instituto geriátrico. Estaba al corriente de todo, pero no había dudado en acudir al cumpleaños a riesgo de que no hubiera nadie en casa.

—Pero ya veo que han llegado otros invitados —dijo observando la reunión por encima de mi hombro.

Le hice pasar. Avanzó delante de mí dejando una estela de camisa recién lavada. El capitán Blake había viajado mucho durante su vida profesional y los allí presentes le conocían con el apodo de Siete Mares. Saludó militarmente a Máquina-de-podar y el vecino se cuadró. Luego besó las manos de las señoras. Retuvo la mano de la sorda unos minutos.

—Siete Mares, hoy no podremos bailar.

Siete Mares sonrió con nostalgia.

—Hoy no es fiesta, Lilí. Hoy nos quedamos de cuarto de guardia.

—¿Cómo?

—Hoy nos quedamos de cuarto de guardia.

—Qué cosas tienes —dijo la sorda sonrojándose inopinadamente.

El capitán, a quien sus muchos viajes habían vuelto escéptico, abandonó el diálogo. Se sentó junto a la sorda y dejó correr su imaginación hacia situaciones auditivas más tolerables. El salón fue un largo silencio hasta que alguien abrió el bar. También la abuela había previsto esa circunstancia. Máquina-de-podar enarboló en ambas manos dos botellas de whisky, y una de las amigas, de otro gusto, encontró la botella de coñac. Del grupo brotó una exclamación.

—Yo también quiero coñac, Rosa —dijo la del puro habano.

—¿Quién más quiere coñac?

Los demás preferían whisky. Máquina-de-podar fue distribuyendo los vasos hasta que todo el mundo tuvo uno en la mano. El primer trago se produjo en medio de un silencio respetuoso, ya fuera porque a todos acudía la memoria de Ana Kerrigan, o porque el paladar estimara la calidad de la bebida antes de emitir ningún juicio. La primera en romper el silencio fue Rosa. Propuso que se abrieran los regalos. Apartó las botellas y al rato la mesa se llenó de papeles y cintas. De un primoroso estuche surgió un collar para *Toti Tang,* verde y tachonado de latón. De otro estuche similar, procedente sin duda de las mismas rebajas, surgió un collar rojo y de remaches niquelados. La sorda alabó sus zapatillas. Máquina-de-podar, que había comprobado el mal funcionamiento de la máquina de podar de Ana Kerrigan, había optado por regalarle unas podaderas. Finalmente dos de las amigas habían reunido sus esfuerzos para regalar a Ana Kerrigan un juego de costura, a sabiendas de que no le gustaba coser. Pero según acuerdo de todos, la difunta tenía buen pulso.

La del puro asintió.

—No me explico cómo pudo perder el volante.

—No conducía ella —dijo el vecino—. Conducía él.

La sorda intervino.

—No son de piel.

—¿De piel?

—No son de piel, son de raso. Y el plumón es de pato del Canadá.

El capitán había venido con las manos vacías. Explicó que su regalo, y el de Winston Fernandes, era un regalo secreto. El senador lo había dejado empaquetado y él no se había atrevido a traerlo. Y menos aún se hubiera atrevido a desplegarlo, vistas las circunstancias. Era un regalo de hombres, dijo echando una rápida ojeada a Máquina-de-podar que en aquel momento accionaba las podaderas en el aire comprobando el resorte.

—Vamos, Siete Mares —dijo la del puro—. No te hagas el interesante. ¿Qué ibais a regalarle Winston y tú a la Kerry?

El capitán se echó un trago de whisky.

—Un conjunto de noche.

—¿Un traje largo?

—No, un conjunto de noche. Un conjunto de seda de setenta dólares, braguita, camisa, sujetador, medias y liguero.

Las amigas aplaudieron y la sorda sonrió desorientada. Máquina-de-podar fingió indiferencia. La del puro se encaró con el capitán.

—Sois unos golfos.

—Winston y Kerry pensaban anunciar su boda —declaró una de las amigas.

—Se iba a casar en Tijuana —prosiguió su compañera con la voz apresurada de las subastas.

Durante unos minutos ambas discutieron sobre las verdaderas intenciones de la pareja: anunciar su compromiso aprovechando el cumpleaños de Kerry o regresar de Tijuana con el acto consumado.

—O fugarse a Acapulco —dijo una de ellas—. Sí, sí, fugarse a Acapulco.

Yo asentí y Alicia abrió las manos como delante de una fatalidad.

La sorda cabeceaba en un rincón, atenta al movimiento de los labios, de donde extraía el precioso jugo de aquel cotilleo que desgraciadamente llegaba demasiado tarde. Intervino el capitán, volviéndose hacia mí.

—¿Usted sabe lo que es un liguero? —dijo pronunciando con lentitud y rodeándose un muslo con ambas manos.

—*Of course*.

—Ya casi no se usan —añadió con nostalgia—. En América ya casi no se usan. Naturalmente era un regalo un poco delicado de traer.

Hubo unos momentos de silencio, como si todo el mundo imaginara la incalculable pérdida de la boda frustrada, y la muerte vestida de novia con lencería de seda. La del puro hizo flotar sobre nuestras cabezas un anillo perfecto, una cofia nupcial santificada por nuestro silencio. El grupo suspiró cuando el anillo perdió densidad. El humo se fue desvaneciendo en un círculo amplio, inmaterial, sin dejar rastro de su existencia.

—¿Qué piensas hacer con esa lencería, Siete Mares? ¿Devolverla?

—La pondré en un altar —afirmó el capitán muy caballeroso.

Las amigas sonrieron. A la sorda se le subieron los colores y Rosa, la del coñac, sirvió otra ronda de bebida.

—No te lo permitirán en el geriátrico.

—Será una capilla privada —dijo el capitán.

—¿Es cierto que en España abundan las capillas? —dijo Máquina-de-podar a mi intención como si hablara de una especie cinegética.

—Sí, en España hay muchas, muchas —dije yo haciendo un gesto copioso con las manos.

Las cuatro amigas habían estado en la Costa del Sol años antes y confirmaron la observación del vecino. En el hotel donde se habían hospedado había una capilla con toda clase de artículos de regalo. Una de ellas había hecho imprimir su nombre en un cartel taurino. Las otras tres habían comprado varias muñecas sevillanas y un servicio de café de artesanía. El capitán opinó que aquello no podía ser una verdadera capilla. Ellas insistieron y la conversación quedó ahí.

Alicia entró con la merienda. Había preparado una bandeja con canapés y otra con las salchichas y el salmón ahumado. Se volvió a despejar la mesa y cada uno alcanzó su vaso. El capitán saludó levantando el suyo y las cuatro amigas se admiraban de lo bien dispuestas que estaban las cosas. Alguien observó el parecido de Alicia con su abuela. La charla cesó unos instantes, mientras la memoria reproducía un rostro superpuesto al rostro de Alicia. Segundos después la sorda señaló el parecido de Alicia con su abuela. Alicia llevaba puesto el delantal que Ana Kerrigan usaba en la cocina. Por sus gestos parecía conocer con precisión el funcionamiento del servicio, cómo distribuir los platos, dónde hallar los minúsculos tenedores con forma de tridente, cuáles eran las pequeñas servilletas de hilo que se lucían en aquella casa en ocasiones similares. Volvió a la cocina y regresó sin el delantal, impecable en su calidad de anfitriona, intacta en lo más íntimo de sus sentimientos. La reunión suscitaba en ella la oportunidad de demostrar no solamente el reflejo de otros rasgos y otros gestos definitivamente ausentes, sino la prueba misma de que rasgos y gestos sobrevivían en su persona y se perpetuaban a la manera de esas dinastías para las cuales la observancia de un rito, la forma de unos labios o el perfil de una nariz constituyen una suerte de victoria sobre el Tiempo. Los invitados comentaron la calidad del salmón con murmullos agradecidos. El vecino hizo notar, con la boca llena, lo espeso de las lonchas. Una de las amigas recordó que en circunstancias anteriores, otros años, Ana Kerrigan había hecho ella misma un pastel. El rostro de Alicia se ensombreció un instante. Todos estuvieron de acuerdo en que, salvo el pastel, no faltaba nada. Una salchicha mal ensartada describió una parábola y fue a aterrizar en el vaso del capitán. Todos rieron, y el capitán pescó el artefacto con los dedos añadiendo un comentario ingenioso. El humor era excelente, como el salmón, como el champán, que todo el mundo esperaba sin atreverse a reclamarlo.

Ya ves que la muerte no participa en la reunión, pensé yo, y se la excluye de los invitados, y sentí que Alicia me comprendía, cruzando conmigo una mirada en la que se leía la misma sorpresa. La muerte forzosamente no participa en reuniones de esta edad, porque sería intolerable sentirse acompañado por ella, observado por ella, habitado por ella, cada segundo descontado al escaso límite que falta para ser precipitado en la eternidad, con tantos whiskíes y tantos tragos como uno ha acumulado hasta la jubilación y aun después. De modo que la ausencia de un colega por defunción es poco más que un suceso fortuito, una cita fallida, un retraso imperdonable, pero nunca una tragedia, porque la geriatría no admite tragedias, a lo sumo una fatalidad que no va a impedir que esta buena gente se divierta.

—Otros años se brindaba con champán —exclamó la sorda en medio del silencio gastronómico.

El capitán lanzó una mirada de reproche.

—Por favor, no le haga caso.

—Sí, por supuesto —dijo Alicia levantándose.

—No es necesario, realmente...

—Cómo no. Estaba previsto, pero lo había olvidado.

—Siendo así...

Máquina-de-podar sonrió.

—Si estaba previsto...

Alicia fue a la cocina y yo la seguí. Regresamos con las botellas húmedas, perladas de frío. Los invitados dejaron los platos y nos recibieron con un aplauso. Con un instinto de ultratumba que no fallaba, Alicia encontró las copas. El capitán ahorcó la primera botella con una servilleta blanca y se encargó de inaugurar el primer taponazo. Máquina-de-podar fue pasando las copas bajo el surtidor, y se fueron formando ebulliciones independientes, agradables al oído, que humedecían los dedos y excitaban la nariz.

Alicia sonreía haciendo circular los canapés. Al cabo se dio cuenta de que todo el mundo esperaba con una copa en la mano, y entonces tomó la suya. No hubo brindis. No podía haber brindis. Las burbujas, de alguna manera, atraían lágrimas a los ojos. Observó los ojos brillantes y emocionados a su alrededor, que la contemplaban sin abandonar la sonrisa, y al mismo tiempo solicitaban una palabra que dispersara aquella extraña impresión de soledad que parecía emanar de ella. Las amigas ofrecían el homenaje de su silencio. El capitán estuvo a punto de cantar *Cumpleaños feliz*, pero se detuvo a tiempo. Máquina-de-podar, quizá el más sentimental de todos ellos, acercó con timidez su copa a la de Alicia haciendo brotar en el silencio el fino choque del cristal.

—Creo que mi abuela ha tenido muy buenos amigos en esta ciudad —dijo por fin Alicia—. Son ustedes gente admirable.

—Oh, no —dijo Máquina-de-podar ruborizándose.

El capitán se volvió encarándole.

—¿Por qué dices que no somos gente admirable?

El grupo entero se echó a reír.

—Es cierto que a su abuela la queríamos mucho. La prueba es que estamos celebrando su cumpleaños. Éramos sus mejores amigos.

Los mejores amigos son los últimos, pensé yo alzando la copa, y todo el mundo alzó la copa al mismo tiempo, como si hubiera llegado el instante de la confesión, el rito terriblemente privilegiado de beber a la memoria de un difunto. En aquel momento, silencioso y materializándose a nuestros pies, *Toti Tang* se paseó entre nosotros. Había pasado la tarde fuera de mi pensamiento. Levantó la barbilla a la altura de la mesa y olfateó los restos de la merienda. Luego dio la vuelta al sofá y acudió al regazo de Alicia.

—También somos los mejores amigos de *Toti Tang* —prosiguió el capitán—. ¿Se lo van a llevar?

Alicia sepultó los dedos en el cogote peludo del pekinés.

—Naturalmente que nos lo vamos a llevar.

—Qué te esperabas, Siete Mares, ¿una rifa? —dijo la del puro.

—¿Cómo?

—¿Qué te esperabas, que rifaran el perro?

Las siluetas de cartón se recortaban en el contraluz de la ventana. Alicia sonrió.

—Ya sé que cualquiera de ustedes lo trataría bien, pero nos lo vamos a llevar.

—¿En España abundan los pekineses? —preguntó Máquina-de-podar.

—Sí, también abundan.

La oscuridad se iba remansando, y las voces se hacían profundas y lentas. Los ojos brillaban como minúsculas cabezas de alfiler.

—Es posible que Winston Fernandes... —empezó a decir el capitán.

—¿Qué sucede con Winston Fernandes?

—Nada —titubeó el capitán—. Es posible que Winston Fernandes quisiera guardar el perro.

—Pero Winston...

—Lo había olvidado —dijo el capitán desconcertado—. Eso es lo que quería decir, que lo había olvidado.

Alcanzó la segunda botella de champán y tras un breve forcejeo hizo saltar el corcho. Alguien encendió una lámpara. Instantáneamente unos rostros sonrieron, otros buscaron una nueva compostura en aquella intimidad apergaminada. Todos recogieron el cuerpo, súbitamente estremecidos, mientras el capitán repartía en las copas la segunda celebración. Resultó menos espumosa que la primera, más densa de color bajo la luz eléctrica. Esta vez todos levantaron la copa mirando al perro. Máquina-de-podar se emocionó y bebió por mal lugar. Hubo un ajetreo de toses y palmadas en la espalda. La sorda manifestó, dominando el alboroto con su voz solitaria, que lo mejor para parar la tos era mantener un brazo levantado, y así se hizo, hasta que Máquina-de-podar, con el brazo en estandarte, aseguró que no tosía más, y que en todo caso ya le empezaba a doler el brazo.

Nadie abrió la tercera botella de champán. Como juguetes a los que solamente se les hubiera otorgado un tiempo de vida, los invitados fueron languideciendo. Poco a poco fueron perdiendo el privilegio de la palabra, y el mecanismo que accionaba sus movimientos decayó. Los gestos se volvieron espaciados y las facciones permanecieron inertes. Tras un lapso de tiempo considerable, una de las amigas probó a *Toti Tang* los dos collares que le habían regalado y se los dejó puestos. Nadie hizo el menor comentario. El capitán encuadernó entre sus manos la mano de la sorda, pero las miradas no se cruzaron. Se erguían rígidos como cactus, absurdos como fantasmas en un ropero. Un puro a medio consumir se enfriaba en el cenicero de cristal. Olía a tabaco espeso y a orín, y el desengaño, al mismo tiempo que el sentimiento de la noche cercana, fue desbaratando la ilusión reduciendo la merienda al intolerable apremio de unos eructos agrios que pugnaban por salir. La enfermedad que acarrea la edad es incurable, pensé yo, cada uno de ellos la tiene por ajena, pero a todos les devora, y en este mismo instante se preguntan quién de ellos será el próximo en sucumbir. Alicia sentía que un soplo trágico se cernía sobre la reunión y quiso despejar la angustia celebrando los collares del pekinés. El capitán abrió la boca para asentir, pero se le escapó un vaho de vinagre. Una de las amigas estiraba una cinta entre sus dedos. La tensión hacía vibrar la cinta, de un vivo color azul. La mujer cerró los ojos, aumentó el esfuerzo, y la cinta se rompió.

Las cuatro amigas fueron las primeras en marcharse, en el automóvil que habían dejado estacionado delante de la casa. Luego salió el capitán, muy cortés, acompañando a la sorda. Un taxi que Alicia había mandado llamar les esperaba con el motor en marcha. El chófer, invisible, encendió los faros. El capitán abrió la portezuela, cedió el paso a la sorda con una leve reverencia y ambos desaparecieron como arrebatados por un artefacto silencioso. El último en despedirse fue Máquina-de-podar. La noche era tibia, cargada de reflejos azulados, vagamente olorosa a jardines y a mar. Al contacto con el espacio abierto Máquina-de-podar respiró ampliamente deteniéndose en el porche.

—¿Sabe usted que Ana Kerrigan tenía intención de plantar hortensias?

—Lo había sospechado.

—Iba a llenar de hortensias el jardín.

Bajó los tres escalones del porche y designó el más allá de la noche con un gesto incierto de la mano.

—¿Usted cree que se iba a casar con Winston Fernandes?

Me encogí de hombros.

—¿Usted cree lo que cuenta ese maniático sexual? —dijo indicando el rumbo por el que había desaparecido el capitán.

—Las mujeres son volubles —dije yo.

—Tenía intención de plantar hortensias —insistió Máquina-de-podar.

Se adelantó unos pasos en la oscuridad.

—Un liguero —añadió con amargura mientras sus espaldas se perdían en la sombra. Unos metros más allá apareció de nuevo bajo el círculo de luz de una farola—. Lencería —prosiguió en un monólogo nocturno que se fue alejando con intermitencias de beodo—. Un sudario —exclamó aventando sus caóticas emociones por la calle despierta—. Capitán de los demonios, hortensias para Kerry, y un sudario.

En el salón Alicia recogía los vasos. Dejamos la tercera botella de champán para los difuntos. Era medianoche cuando nos subimos a acostar.

A *Toti Tang* le gustaban los viajes. Fue un descubrimiento que el pekinés hizo tarde en la vida, pero que no le disminuyó el placer. Los animales poseen una cualidad que ignoran los humanos, y es una relativa resignación frente a los acontecimientos incomprensibles, de forma que cuando *Toti Tang* se vio encerrado en una cesta de mimbre, paseado por los vestíbulos sonoros de un aeropuerto internacional, acomodado por fin entre dos asientos reclinables en una cámara glauca y ensordecedora, optó por no alarmarse de nada, y escondió con humildad el hocico entre las patas. Se imaginó tragado por el vientre de una medusa, propulsada entre dos aguas. Como en sus siestas junto al frigorífico, le pareció que el zumbido persistente hacía levitar el aparato. Sintió su cuerpo acelerarse, elevarse, volar (el perro, en su asombro sucesivo, no descartaba las más fantásticas expectativas). El recuerdo confuso de los últimos días le hizo pensar en la otra vida. Esperando la recompensa del juicio final asomó la cabeza fuera de la cesta y Alicia le acarició el cogote en un gesto que ya era familiar. A once mil metros de altura el avión se dirigía hacia un inmóvil amanecer, y el pekinés sonrió como en las fábulas, como si regresara al país del sol naciente.

A través de la ventanilla del avión el cielo era una llanura negra. Inmóvil en la oscuridad, un ángulo del fuselaje hacía parpadear en su extremidad una diminuta luz roja, como la señal de algún lugar del espacio atacado de epidemia. Tras las primeras horas de vuelo, *Toti Tang* dormía en su cesta porque los mayores portentos (aquel fárrago de sensaciones inexploradas) terminan por ceder delante del sueño. Una azafata, espectral en su uniforme azul, pálida al reflejo de las luces mortecinas, avanzaba por el pasillo central con una bandeja en sus manos enguantadas de blanco. Alicia volvió la mirada hacia la ventanilla, hacia el cielo negro donde sólo dominaba la dimensión del tiempo, y por un instante se imaginó a sí misma en el espacio exterior. Suspendida en la noche veía desfilar el tren de ventanillas geométricas detrás de las cuales dormitaba un centenar de pasajeros, y una azafata se deslizaba con el busto erguido y un vaso de agua sobre una bandeja llevada por manos fosforescentes. Si el cielo existe, pensó, mi abuela debe estar ahí, en ese espacio exterior, sometida al frío y a la oscuridad, contemplando el paso de los vivos en un proyectil aparentemente inmóvil, bien ajena a cuanto pueda ser la sed y la fatiga, pero no el aburrimiento, porque así concebía ella la eternidad, un eterno aburrimiento. Volvió la atención al interior del aparato, donde el confinamiento tibio, la promiscuidad anónima que dormitaba en posturas aniquiladas y plácidas garantizaba cierto tipo de seguridad, como la silenciosa sonrisa de la azafata que al regreso con la bandeja vacía, habiendo entregado el vaso de agua, se interesó por ella.

—¿Todo va bien?

Alicia asintió.

—¿Y el perrito?

—Duerme como en su casa.

—Es un animal muy tranquilo.

—En su casa dormía junto al frigorífico. Supongo que existe alguna relación.

La azafata volvió a sonreír y se alejó con una leve oscilación, posando brevemente la mano enguantada en el respaldo de los asientos. *Toti Tang* abrió un ojo. Cuando sintió de nuevo la mano familiar en el cogote volvió a acomodarse. Recogido en sus lanas, nunca hubiera sospechado que el placer del viajero consiste en dormir a gusto.

El cadáver de Ana Kerrigan llegó a Tijuana en un cilindro metálico con hielo, y durante las primeras horas permaneció junto a los restos del senador en un cilindro idéntico, almacenado en las dependencias del depósito central de cadáveres. Era un edificio con aspecto de sanatorio para curas de reposo, de fachada clara, recientemente restaurada, y ventanales en la primera planta. En el jardín delantero, bien mantenido, dos niños jugaban con un planeador. La abuela y el senador se encontraban, en compañía de anónimos cilindros numerados, en una sala con aroma de amoníaco, sometida a un continuo zumbido similar al de un avión. *Toti Tang* no lo sabía, pero un vuelo es una muerte provisional. El hielo cubría los cilindros de cristales microscópicos. De una anilla colgaba un tarjetón igualmente congelado. El senador y la abuela habían obtenido números sucesivos, como asientos contiguos para el mismo viaje. Pero su trayecto común finalizaba allí. El senador fue incinerado por cuenta del geriátrico. La abuela, a través de la agencia de pompas fúnebres, prosiguió en solitario su proceso de desintegración, sin que ello fuera objeto de manifestaciones románticas. Uno ha oído hablar de parejas que exigen mezclar sus cenizas, o soportar juntas el peso de la misma losa. Nada de eso se tuvo en consideración, y cuando el vecino, que asistió sobrio y ojeroso a la ceremonia arriesgó un comentario, Alicia le hizo callar. Tampoco optó por conservar las cenizas, que le fueron presentadas en una urna similar a una hucha, y fue sellada en una especie de palomar con cruces estampadas. Aquella mañana, muy consciente de su papel, Alicia lucía gafas negras, un vestido gris de primavera que casualmente llevaba en la maleta, zapatos negros de la abuela que calzaba el mismo pie. El tránsito del cumpleaños a la muerte se había producido con tanta sencillez que lo demás carecía de importancia. La memoria es una potencia del espíritu sutil como el aire de altura, cuajado de finas agujas de hielo, difusa como el rastro que va dejando un reactor.

A la ceremonia de incineración no acudieron ni el capitán ni las amigas, quizá porque en aquellos mismos momentos presenciaban la incineración del senador en el geriátrico. Es probable también que hubieran decidido organizar una excursión, huyendo de las tediosas oraciones que finalizan en un hoyo o en un túnel de llamas. Los ancianos se dividen en dos grandes grupos: aquellos que acuden a los funerales con una regularidad pasmosa y son los últimos en morir, y aquellos que los evitan, y parece que la muerte los castiga seleccionándolos de uno en uno para que el último y tenaz aficionado les vaya acompañando. Máquina-de-podar pertenecía a la primera especie. Durante el tiempo que duró el acto se mantuvo con una impecable gorra negra entre las manos. Cuando todo hubo concluido, se acercó para despedirse. Murmuró unas palabras de ofrecimiento, de su casa y de su persona. Luego se palpó febrilmente la chaqueta, como si fuera víctima de una invasión de pulgas o le hubieran robado la cartera. Al cabo halló lo que buscaba y nos entregó una tarjeta. Volvió a repetir los ofrecimientos, que incluía esta vez cierto volumen de tubérculos de hortensia que hubieran merecido gozar de otro destino. No quiso regresar con nosotros. Pretextó ambiguas ocupaciones en otro barrio diferente, y le vimos alejarse bajo el sol oblicuo de la tarde que prolongaba la perspectiva de palmeras hacia el mar.

Horas antes había llegado el primo de Chicago. Era un hombre de unos treinta y cinco años, alto, fornido, desbordante de salud natural, capaz de convertir una ceremonia de incineración en un acto deportivo. Vestía chaqueta roja, pantalones a cuadros y zapatos blancos. Gozaba de unas improvisadas vacaciones en California. Por el pico de la camisa asomaba un vello pelirrojo y zorruno que parecía ser característica de los Kerrigan más viriles. En un momento de la ceremonia rodeó los hombros de Alicia con el brazo como si quisiera incorporarla a su equipo. Una vez en la calle, tras sacudir la mano de Máquina-de-podar y aceptar igualmente los ofrecimientos de tarjeta y de tubérculos, se caló unas gafas oscuras y suspiró, rojizo y saludable en el crepúsculo.

—Todo ha sido muy triste —exclamó con su voz cargada de vitaminas—. Ésa es la verdad.

Nos condujo a casa. De camino se habló de genealogía. Fue enumerando los detalles por los que se conocía que también Alicia era nieta de Ana Kerrigan.

—Tienes los mismos ojos —dijo abandonando un momento la atención del volante para examinar los ojos de Alicia.

—Gracias.

—No me des las gracias. Ella está muerta ahora.

El automóvil llegó a un semáforo y se detuvo.

—¿No es cierto que tiene los ojos de Ana Kerrigan? —dijo levantando la mirada al retrovisor, donde aparecieron sus propios ojos de Kerrigan solicitando mi opinión.

Murmuré una respuesta afirmativa.

—Es una Kerrigan —concluyó el primo de Chicago para sí.

Dejó transcurrir unos minutos en silencio mientras el semáforo iluminaba su cara como una luna naciente.

—Algún día me gustaría visitar a los Kerrigan de España —repitió caviloso—. El verano pasado estuve en Brasil.

—¿Visitando Kerrigan?

—Oh, no —exclamó con optimismo—. Acompañando al equipo de surf.

La luz cambió al verde. El automóvil arrancó con violencia y el trayecto se consumió en un relato donde abundaron las proezas acuáticas y las negritas en minúsculo bañador.

Toti Tang vio cómo se recogían las maletas en aquella casa, y mientras dormitaba en la confortable monotonía del avión recordaba el súbito aroma a naftalina y abandono que se apoderó de las habitaciones tan pronto como todo estuvo listo. Las llaves quedaron en manos del primo de Chicago para que se ocupara de los trámites de sucesión. Alicia reunió nuestras cosas. Quiso llevarse algún recuerdo, y descolgó la gran fotografía de familia donde el primo de Chicago, emocionado como un futbolista ante la orla monumental de los socios fundadores del club, señaló una borrosa figura. Era su padre. Luego acercó la nariz al cristal, como una avalancha inminente, inclinado sobre la fotografía que reposaba horizontal sobre una mesa.

Con el dedo cubrió completamente otra silueta, dejando emerger únicamente un rostro diminuto, pero discernible aún en su mirada intensa, la barbilla voluntariosa alzándose por encima de aquella uña gigantesca que se atrevía a ocultar su cuerpo. Era su tía. Entonces Alicia se emocionó a su vez. La tía del primo de Chicago era su madre. El descubrimiento parecía evidente, pero la emoción simultánea les fundió en un abrazo consanguíneo que reunía un complicado esquema de otros abuelos y primos dispersados. Decidieron sortear la fotografía. El azar recayó en Alicia, no podía ser de otro modo, y aquella gris constelación de rostros desaparecidos viajaba ahora en la maleta con embalaje especial.

Alicia se volvió hacia mí, demacrada en la luz sepulcral del avión.

—Ha sido el cumpleaños más largo que he conocido.

—Yo también. Ha durado una eternidad.

Varias filas más allá roncaba un viajero, añadiendo su melodía zoológica al ronquido técnico de los motores.

—¿Qué hora es?

—Las tres de la madrugada. Le estamos comiendo tiempo al sol.

—Ha sido el cumpleaños más largo de mi vida —repitió Alicia como si hablara de sí.

Fueron pasando las horas nocturnas. Alicia se durmió, reclinada sobre el asiento, con la cara vuelta hacia la oscuridad. Yo dormí también, y en mi cabeza se enlazaron diálogos sin sentido. El amanecer se encendió súbitamente sobre Europa como el día de la creación de la luz. Desperté con el resplandor anaranjado del espacio y me volví a dormir. El pasajero que roncaba había cesado de roncar, y otros pasajeros deambulaban por el pasillo con aspecto de haber pasado una mala noche, no exactamente una mala noche, sino un tiempo indeterminado consumido por el viaje como combustible incesante gemido de los motores, una transformación de la materia que nos depositaba sanos y salvos sobre un infinito amanecer. El perro despertó a su vez y con ojos suplicantes reclamó una caricia. En la parte delantera del avión se adivinaba el ajetreo del desayuno inminente. Cuando Alicia despertó, el amanecer era ya potente y blanco.

—Le estamos comiendo tiempo al sol —repetí prosiguiendo una conversación que había quedado atrás.

Alicia bostezó y alcanzó su bolsa de viaje. Sacó un espejo y un estuche, y empezó a arreglarse con un pincel de luz dirigido a la cara. El perro se volvió hacia ella. Yo la admiré. Era una Kerrigan, tres rostros confundidos en el óvalo del espejo. El planeta continuaba girando sobre su eje. Pensé en la abuela y en la sucesión de las generaciones. Pensé en los machos imprescindibles, en los hombres que habían gravitado en torno a las generaciones de las Kerrigan. Luego pensé en Alicia y en el deseo de verla procrear. Unas semanas más tarde Alicia quedó embarazada. Juntos esperábamos que fuera una niña y tuvimos otra cosa en qué pensar.

Por ahí no, Moyano

Todo el mundo lo sabe. Ser periodista significa muchas cosas. Significa meterse en muchos líos, aguantar muchas confidencias y vivir en el reino de la casualidad. Esto último resulta especialmente extraño para quien no conoce la profesión, y por eso voy a contar algo. En primer lugar las coincidencias. Yo no había visto a Miguel Ríos en persona desde que fui a un concierto suyo hace quince años en el Palacio de los Deportes, y le volví a ver tomándose una copa el dos de mayo. Tampoco había vuelto a ver a mi amigo Miguel Moyano desde que fuimos juntos a aquel concierto, y le volví a encontrar el mismo dos de mayo. Miguel Ríos siempre ha sido una estrella del rock. De mi amigo Moyano no recuerdo que destacara en nada, salvo en el billar. En lo que a mí respecta, también eché muchas horas en el billar, pero con menos veneno en el taco. Me gustaba escribir, y aspiraba a ser William Faulkner. O sea, que hice la carrera de periodismo. Y luego, me dije, cuando tenga más tiempo emprenderé la carrera que lleva al premio Nobel.

Mi primer trabajo profesional fue un reportaje sobre los encierros de San Fermín. Mi segundo reportaje fue una entrevista con Lola Flores, que no resultó tan sencillo como los encierros. La actriz era ya una mujer madura, bastante toreada, y había desarrollado sentido. Luego uno se encuentra en la vida con muchos altibajos profesionales que le hacen añorar ocupaciones tan inocentes como las corridas de toros, y soluciones tan pacíficas como el humor de las folklóricas. En mi periódico hizo estragos la lucha por los ascensos, y aunque se instalaron burladeros en los pasillos, al final hubo sangre, y yo me encontré un fin de mes de patitas en la calle. La culpa no la tenía nadie. La culpa la tenía yo. Hubiera debido saludar a quien no saludé, y ayudar al descabello de quien yo pensaba que sería el triunfador de la tarde. Un amigo que andaba en política municipal me echó una mano, y así entré a trabajar en la *Revista de la Villa de Madrid.* La publicación no era tan dinámica como yo hubiera podido desear, pero sabiendo lo cruda que es la vida, yo necesitaba sobre todo comprensión y reposo.

La *Revista de la Villa de Madrid* se dedica mayormente a dar cuenta de las sesiones municipales y de las mejoras en parques y jardines. El alcalde dirige una carta a los lectores que son también sus electores. Hay una página de pasatiempos con un crucigrama que ha merecido elogiosas críticas de los expertos y numerosas cartas a la redacción. Hay una página histórica a cargo de un ordenanza, con fotos de cómo era antiguamente el barrio de Caño Roto o el puente de los Tres Ojos. Hay también una página moderna, con fotos que servirán dentro de veinte años para la página histórica. Y por fin hay una sección de fiestas y efemérides. Cuando yo entré en la revista las fiestas y efemérides ocupaban media página. En dos meses yo había hecho de la sección una cosa seria. Siempre fotografiaba a algún concejal en una fiesta y al alcalde en una efeméride. Eso les daba imagen de gente divertida, y por ese lado se ganan los votos de la izquierda. En cuanto a los votos de la derecha, bastaba que cada cierto tiempo la fiesta fuera en una finca de El Escorial y la efemérides un acto religioso. He sido de los primeros en comprender que la política consiste en saber con quién se toma uno las copas y a qué parroquia va uno a misa.

El dos de mayo me encontraba cubriendo para la revista las fiestas de Malasaña. Se conmemora ese día que una vecina de la calle de la Palma le abrió la cabeza a un mariscal de Napoleón con un tiesto de geranios, iniciando la revuelta popular. Luego hubo los combates callejeros y los fusilamientos. Yo pensaba contar eso en mi artículo para despertar ese sentimiento patriótico que llevan dentro los madrileños. También pensaba hablar del concurso de reinas de belleza, para despertar sentimientos que todos llevamos dentro aunque no seamos de Madrid. Allí estaba Benito Marín, el concejal de Cultura, poniendo bandas a adolescentes de pechos excesivos. Aquel año en el concurso estaba de moda la generosidad. Benito Marín les ponía la banda y parecía que fuera a faltar tela. La foto se la hice después, más sereno y menos sonrojado. En la entrevista me contó el pregón. Luego se volvió al Ayuntamiento porque había una efeméride. Benito Marín iba a ser candidato a la alcaldía y tenía que estar en muchas partes a la vez.

Eran alrededor de las cinco de la tarde. Como además de reportero yo mismo era fotógrafo, me entretuve en sacar instantáneas de la gente guapa que andaba por allí. Estaban instalando en la plaza un equipo de sonido. De un camión descargaban amplificadores, y de otro camión, cerveza. Creo que entonces fue cuando vi a Miguel Ríos tomándose una copa.

—¿Va a cantar Miguel Ríos?

—Va a cantar el grupo Támpax y el grupo Cloroformo.

—No suenan mucho.

—Suenan como diez mil vatios.

Me saludó un antiguo compañero del periódico. En una ventana le hice una foto a una vieja que parecía esperar con su geranio a que pasara otra vez Napoleón.

Volví a la plaza. Cuando yo fui al famoso concierto de Miguel Ríos en el Palacio de los Deportes, Miguel Ríos se llamaba Mike Ríos. Yo tenía diecinueve años y Miguel Moyano veinte. Recordaba a Mike Ríos en todo su esplendor, y a nuestra panda de amigos incrementada hasta ser quince mil llenando las gradas.

A Miguel Moyano le había perdido de vista en los años siguientes. Alguien me dijo que se había casado. Otros me dijeron que había montado una empresa de transportes o un bufete de abogado, pero se confundían con mi amigo Alajarín. Supe después que se dedicaba a la compraventa de libros, y no estoy seguro de nada, pero en cierta ocasión me pareció verle pasar en la ventanilla de un autobús. Era en Recoletos. Yo esperaba un autobús de la misma línea, y aquél pasó sin detenerse, llevándose una silueta vagamente familiar en los cristales empañados. Pensé que no era Miguel Moyano, pero las mismas posibilidades quedan de que pudiera ser.

Todo aquello me volvía a la memoria viendo cómo se llenaba la plaza. El concierto debía empezar a las siete y eran las siete y media. Abrió por fin la fiesta el grupo Cloroformo, y sonaban duro. Me dije que también les citaría en el artículo. Luego actuaron los Támpax, mientras los Cloroformo se refrescaban con unas cervezas. Luego les tocó el turno a los Cloroformo otra vez, más excitados que al principio, como si fueran el grupo Adrenalina. Ya me estaba aburriendo de tanto sonido, así que me alejé de allí. Por dar una vuelta y por completar el reportaje, me acerqué a la comisaría.

Desde allí también se oía el estruendo de Cloroformo. Una mujer madura buscaba a un niño que se había perdido y que se llamaba Jesusín. No había más novedades. Estuve charlando con los guardias mientras la madre de Jesusín nos detallaba las calificaciones escolares de su hijo. Desde un jaulón alguien dijo que si el niño no era tonto estaría en la fiesta. La conversación transcurría por aguas tranquilas, y un agente enseñó la foto de un sobrino que tampoco era manco en matemáticas. Entonces llegó un cabo desabrochándose el correaje. Al parecer había un alborotador en una ventana de la calle Viriato, y si no se le desalojaba con un chorro de agua le iba a desalojar él de un tiro. El agente me dijo que su compañero era asturiano y excelente cazador. Además no había dormido en las dos últimas noches, porque hacía horas extraordinarias para sumar puntos. Se despachó a la calle Viriato un coche patrulla. Por saber algo más y porque me acercaran a casa me fui con ellos.

Yo vivía en el número cincuenta y cinco de la calle Viriato, y precisamente delante de mi portal había dos coches patrulla. Yo vivía en el quinto piso, y todo el mundo parecía estar mirando las ventanas del quinto piso. Los coches patrulla eran de la comisaría de la calle Rafael Calvo y los había avisado un vecino. Aquellos días yo tenía la visita de mi tía Mercedes que venía de Canarias, y por un instante me pregunté si se le habría ocurrido proclamar la independencia desde mi casa y de forma anticonstitucional. Un grupo de curiosos se había congregado bajo las acacias. Del bar El Parnaso salían los clientes con la cerveza en la mano. Entré a por una cerveza y a informarme. Observé que la gente se movía con precaución, apostados detrás de los árboles o al resguardo de los portales. El patrón del bar, un hombre obeso que contemplaba con melancolía su local vacío, me advirtió sin abandonar el mostrador que no fuera atrevido y me quedara allí.

—¿Pasa algo grave?

—Hay un tipo que se asoma a la ventana cada cinco minutos.

—¿Y eso es peligroso?

—Al principio se asomaba cantando. Lo peligroso es que ahora se asoma con una escopeta.

—¿Qué cantaba?

—Esta noche me emborracho.

—Bien, ¿pero qué cantaba?

—Cantaba *Esta noche me emborracho.*

—Ya. Entonces no es un terrorista.

Pensé que tampoco podía ser mi tía Mercedes. Yo vivía en el quinto piso interior y aquéllas eran las ventanas del quinto derecha. Mi vecino de piso, Julio Galarreta, sí tenía buena voz, pero era médico jubilado y creo yo que abstemio. Fui a salir del bar y en aquel momento se oyó un cañonazo. Pareció que se derramaba en la calzada un camión de cristales. Hubo un reflujo de clientes dentro del bar, todos al resguardo y a por otra cerveza. En medio de la confusión me acerqué a la puerta.

—¿Qué ha gritado?

—Ha gritado «cochinos».

—La cosa va a más —dijo un individuo sonrosado que resultó ser el carnicero de Olavide.

—Ha pedido bocadillos y algo de beber —dijo un hombre refugiado detrás del tronco de una acacia.

Hubo murmullos de comprensión dentro del bar, mientras se vaciaban las jarras de cerveza.

Había llegado una compañía de Policía. Vi que la calle estaba acordonada en los cruces. Un inspector de paisano entró en el bar y pidió al patrón tres bocadillos de tortilla y unas cocacolas. Me acerqué a él.

—Soy periodista. ¿Puede decirme lo que sucede?

—De momento no puedo decirle nada.

—Soy vecino de la casa.

Me miró con suspicacia. En su mente estaba bien anclada la idea de que los periodistas viven en la clandestinidad. Le enseñé mi carnet de Prensa.

—Los periodistas recurren a toda clase de trucos —dijo moviendo la cabeza.

—No comprendo.

—Perfectamente imitado —dijo devolviéndome el carnet—. Tiene usted suerte. Si no fuera por este lío ahora mismo le llevaba a comisaría.

Me volví hacia el patrón del bar.

—¿Le puede explicar a este señor que yo vivo ahí enfrente?

—El caballero es cliente asiduo de la casa —dijo el patrón sin comprometerse a nada.

—Yo tomo las copas en Las Bambalinas —dijo el inspector.

Recogió el paquete con los bocadillos y las cocacolas.

—¿Ha empezado la negociación? —preguntó el patrón a media voz inclinándose sobre el mostrador.

El inspector se encogió de hombros. A cambio de los bocadillos de tortilla se pensaba obtener que entregara la escopeta. Se dirigió hacia la puerta agachándose, como si subiera al frente. En aquel momento se oyó otro cañonazo. Era como si se festejara el dos de mayo en situación real. El inspector se detuvo mientras caía de nuevo el estrépito de cristales, protegiendo los bocadillos de tortilla contra el pecho, sacrificando su chaqueta al cumplimiento del deber.

—Es un enajenado —dijo volviéndose hacia mí—. Se ha encerrado en un piso con una vieja y un doctor. Diríjase usted al teniente de la compañía.

El camión de los bomberos se fue acercando a la casa. Un proyector instalado sobre la cabina del camión barría la fachada. El círculo de luz fue recorriendo las ventanas hasta encontrar la buena, es decir, la mala. Allí asomaba el cañón de una escopeta y el bulto de un hombre agazapado. Al sentir el chorro de luz se puso en pie como un tenor que entra en escena para lanzar un aria fulgurante.

—¡Cochinos!

Demasiada casualidad. Era demasiada casualidad. Así pasan los años, y luego el arte o la demencia reúnen a los amigos. Reconocí el gesto amplio, la escopeta alzada como un taco de billar, la gloria en el medallón plateado que recogía su estampa.

—¡Moyano!

Miguel Moyano miró a lo hondo de la calle como si escudriñara el cañón del Colorado. Le cegaba el proyector. El patrón del bar se colocó detrás de mí.

—¿Le conoce usted?

—Es mi amigo Moyano.

Con el artista asomaron dos comparsas, atemorizados por la celebridad que proporcionaba su situación. El uno era mi vecino Galarreta. El segundo comparsa era una vieja espantada, curiosamente familiar. Uno no pensaría que estas cosas son para contarlas, pero el caso es que la imagen suscitó en mí un pensamiento fugaz de herencias y funerales. Dos días antes mi tía me había comentado que no perdiera la esperanza, que iba a hablar con el notario para arreglar su sucesión. De repente me pareció que toda la cerveza de la tarde me había sentado mal.

—¡Mi tía!

Dos personas me acercaron una silla. Alguien más me ofreció un coñac, mientras el patrón del bar me abanicaba con un ejemplar del periódico donde yo trabajaba anteriormente.

Cuando yo estudiaba periodismo, una de las cosas que aconsejaba mi mejor profesor era que no había que perder de vista la realidad. Yo creo que perdí de vista la realidad unos quince minutos. Cuando recobré el sentido, la situación dentro del bar había cambiado. Delante del mostrador dos agentes de policía recogían grandes paquetes de bocadillos de tortilla. Mi primera idea fue que Miguel Moyano había aumentado sus exigencias para entregar la escopeta. Luego me di cuenta de que eran las nueve menos cuarto y la Policía en la calle ni siquiera había merendado. La mujer del patrón y dos pinches preparaban la intendencia de la compañía. Un inspector con una enorme mancha de grasa en la chaqueta desalojaba a los últimos clientes por la puerta de atrás. Un bombero de casco reluciente y hacha al cinto se pavoneaba entre las mesas. El teniente al mando de la fuerza había instalado su cuartelillo de Estado Mayor juntando tres mesas, y cenaba unos tacos de jamón. En otra mesa una mujer se comía un pañuelo de batista. Era la hermana de Galarreta. En ocasiones había coincidido con ella en el ascensor. Me levanté y pedí un vaso de agua. El bombero, perfectamente al tanto de la ubicación de los grifos, pasó detrás del mostrador y me trajo uno. Le pregunté si había algo nuevo.

—El teniente quiere hablar con usted.

El inspector con la mancha de grasa se unió a nosotros.

—Parece que conoce usted al homicida.

—¿Ha matado a alguien?

El inspector y el bombero movieron respectivamente la cabeza, y el casco y la cabeza.

—Todavía no, pero estos casos siempre acaban mal.

—Ha anunciado que sólo le quedan dos cartuchos —dijo el bombero—. O sea, que como son tres habrá un sobreviviente.

La Galarreta, que estaba escuchando, rompió a llorar.

—Mi pobre hermano.

—Señora —dijo el bombero muy cortés—, el sobreviviente puede ser su hermano.

—En estos casos el sobreviviente suele ser el homicida —insistió el inspector con cierta terquedad—, pero acaba arrojándose por la ventana ante los ojos de la muchedumbre.

—Eso sí que es verdad —concedió el bombero.

Y ambos recordaron un suceso parecido en una casa de planta baja del barrio de Tetuán, donde después de arrojarse por la ventana el homicida pudo ser detenido con una simple fractura de codo. De eso hacía ya algunos años. El bombero dijo que diez años. El inspector dijo que por lo menos doce, y la casa estaba donde ahora está una agencia de la Caja Postal de Ahorros. No lograron ponerse de acuerdo, pero aquello les sirvió para calcular los años que les quedaban para la jubilación.

La hermana de Galarreta lloraba suavemente pensando en su hermano acribillado de perdigones, y en tantas cosas desagradables como de repente la vida acumulaba sobre sus espaldas. Yo pensé en mi tía Mercedes, pero se me hacía difícil imaginar la misma escena, porque mi tía Mercedes era una mujer robusta, en excelente estado de salud, cuya herencia se perdía en un futuro brumoso de suputaciones sin fundamento que ningún escopetazo providencial vendría a aclarar. La hermana de Galarreta visitaba a su hermano cada quince días. De repente se me ocurrió que de aquella mujer yo sabía más cosas de las que creía conocer. Cristina Galarreta tocaba el violín, había formado parte de un cuarteto de nuevos románticos cuya edad media rondaba los cincuenta años, y había dado recitales como solista en varios teatros de provincias, y dos temporadas consecutivas en Bayona y en Perpiñán. Su hermano repartía el programa de cada uno de sus conciertos en los buzones de la casa. Había grabado un disco que en una ocasión hallé en la sección de rebajas de El Corte Inglés. Me acerqué a ella y le puso la mano en el hombro. Levantó la mirada estrujando el pañuelo en esas manos que cualquiera hubiera calificado de manos de violinista, aun sin estar al tanto de los programas que periódicamente aparecían en los buzones.

—No se preocupe. Yo conozco al homicida y sé perfectamente que es incapaz de matar a nadie.

Cristina Galarreta abrió desmesuradamente los ojos y prorrumpió en un llanto más sonoro que antes.

—Déjela usted que se calme sola —sugirió el bombero—. A lo mejor le conviene llorar.

—Esta mujer es una gran artista.

—Los artistas son personas muy sensibles —intervino el inspector.

Los hombres que habían recogido los bocadillos en cajas de cartón salieron para llevárselos a sus compañeros. Luego volvieron a por unas cajas de cerveza. No se oyó ningún perdigonazo, quizá porque Miguel Moyano ahorraba munición para utilizarla como se había mencionado. Me arriesgué a asomarme a la puerta. El camión de los bomberos seguía allí, con el proyector dirigido a la ventana del quinto piso. Un segundo camión, con una escalera de salvamento todavía sin desplegar, se había estacionado junto al primero. Un grupo de policías conversaba en un portal, al parecer con la boca llena. Pero en la ventana no se veía a nadie. El chorro de luz penetraba hacia las profundidades del piso de Galarreta en reflejos esquinados, sin duda angustiosos, en todo caso expectantes.

—Lo grave sería que empatara el Real Madrid —dijo un agente junto a mí—, porque si el Betis pierde en su campo, ya tenemos al Atleti por delante.

El megáfono instalado sobre una furgoneta marcó por error los compases de un pasodoble antes de difundir el siguiente mensaje:

> Piií... Dice el sargento que si hay otra cerveza. ¿Está ya conectado? Piií... Ahora. Entregue la escopeta. No cometa más locuras. Se tendrán en cuenta sus reivindicaciones. Atención. Piií... Este tío no nos oye.

—¿Ha respondido algo? —pregunté al agente que comía el bocadillo a mi lado.

—Hace un cuarto de hora que no responde nada.

—¿Se habrá suicidado?

—Estará cenando —dijo otro agente.

Tenía una cerveza en la mano y acababa de terminar su bocadillo. Le preguntó al primer agente si de verdad creía que el Real iba a dejarse empatar jugándose lo que se jugaba.

—Eso nunca se sabe.

—Eso se ha visto en casos peores —dijo el inspector—. Y no sólo empatar, sino perder por un par de goles. Eso pasó hace tres años con el Zaragoza.

—Cuatro años.

—Cuatro años.

Todo el mundo se acordaba. Volví a entrar en el bar. El bombero, muy bizarro en su uniforme y con ganas de agradar, le había ofrecido un vaso de agua a la hermana de Galarreta. Desde la mesa de conferencias el teniente me hizo señas de que me acercara. El patrón, que despejaba los restos de una frugal cena de campaña, le había explicado cuál era mi situación. Uno de mis mejores amigos, repentinamente enajenado, había secuestrado a mi tía en el apartamento de mi vecino. El patrón, un hombre de inteligencia aguda en un cuerpo rollizo, lo había comprendido todo. Un drama pasional. El teniente alzó una ceja.

—Parece que su tía mantiene relaciones extramatrimoniales con su vecino de usted.

—¿Perdone?

—Por favor, dejemos de lado los escrúpulos. En la Policía Nacional esas cosas se ven todos los días.

—Le aseguro que...

—No me asegure nada. Mi deber es salvar vidas humanas.

Me invitó a que me sentara. Tenía que proponerme una importante misión.

El teniente era un hombre que hablaba sin rodeos. Consultó el reloj. Eran las nueve y cuarto. En aquel mismo instante, dijo ajustándose la pistola al cinto, tenían lugar en Madrid cinco tentativas de suicidio, media docena de asaltos y dos o tres situaciones como la que nos ocupaba, con secuestro, alboroto y todo el decorado. O sea, que no estaba dispuesto a perder la noche y a que el asunto se prolongara indefinidamente. Máxime con los hombres nerviosos y un partido de cierta trascendencia en la televisión. Mi ayuda podía resultar decisiva.

—¿Cómo es ese amigo suyo?

—Se llama Miguel Moyano.

—¿A qué se dedica?

—Cuando yo lo frecuentaba estudiaba Derecho.

—¿Abogado?

—No lo creo. No exactamente. Estudiante de Derecho. Doce años de estudiante de Derecho y Cenicero de Oro en los Billares Victoria.

—Ya. ¿Qué tipo de relaciones mantiene con su tía?

—Que yo sepa, ninguna.

—¿Y con su vecino?

—Tampoco.

El teniente me miró suspicaz.

—¿Cómo se explica usted que esté ahí?

—Eso no lo sé.

La hermana de Galarreta que nos estaba escuchando con cierto interés se echó a llorar de nuevo, como si los sucesos inexplicables fueran más penosos precisamente por ser inexplicables. El teniente la miró por encima del hombro.

—Cabo, que le den un calmante a esa mujer.

Luego se volvió hacia mí. No parecía dispuesto a perder el tiempo con averiguaciones. Si el demente no mantenía relaciones con mi tía, ni conocía a mi vecino, no había drama pasional, aun cuando mi tía y mi vecino mantuvieran relaciones.

—Le repito que mi tía y el doctor Galarreta...

—Déjese de pamplinas. Lo importante es que ese individuo al único que conoce es a usted. O sea, que va usted a subir a hablar con él. Hay que convencerle de que todo está perdido. Quiero decir que lo mejor será que entregue la escopeta y se tome un calmante como esa señora.

—Yo no sé si soy el más indicado. Hace años que no le veo.

—Yo hace media hora que le veo y ya estoy harto. Le presento al doctor Padilla, psiquiatra del Cuerpo.

Un individuo con barba de chivo y aspecto expiatorio se sentó a nuestro lado con un maletín. El teniente echó la silla atrás cruzándose de brazos ostensiblemente y nos dejó conversar. El doctor Padilla sacó del maletín unos formularios y los extendió sobre la mesa.

—¿Me puede decir algo de los antecedentes psiquiátricos de su familia?

—¿De mi familia?

Me volví hacia el teniente.

—Teniente, explíquele al psiquiatra del Cuerpo que en mi familia no hemos secuestrado nunca a nadie.

—¿Está usted seguro?

—El cuestionario es para todas las personas involucradas —se excusó el psiquiatra— y como sólo está usted presente.

Tachó una rúbrica de su formulario y trazó una cruz en un casillero. Leyó la letra pequeña del impreso y luego levantó la vista.

—Perdone que le haga una pregunta confidencial. Siempre es algo enojoso. ¿Ha mantenido usted relaciones sexuales con su amigo?

—¿Con Miguel Moyano?

El teniente alargó la oreja fingiendo indiferencia.

—Se ve que no conoce usted a Miguel Moyano —dije yo.

—Hombre, si su amigo quisiera rellenar el otro formulario.

El teniente se impacientó.

—Ya rellenará, ya rellenará en comisaría.

El psiquiatra empezó a recoger sus papeles. Para terminar quería darme unos consejos. En primer lugar, durante la misión no debía preocuparme, porque en todo momento estaría debidamente asesorado. En segundo lugar, si el enfermo daba muestras de excitación, yo debía calmarle recurriendo a nuestros recuerdos de adolescencia. En tercer lugar, si realmente amartillaba la escopeta, en las terrazas de enfrente se habían apostado dos tiradores de élite que en cualquier caso podrían resolver la situación, y de ahí la importancia de que la conversación tuviera lugar cerca de la ventana y a la luz del proyector.

El teniente asintió. El partido empezaba a las diez y cuarto.

—A las diez —corrigió alarmado el cabo que había suministrado el calmante a Cristina Galarreta.

—A las diez —corrigió el teniente.

El psiquiatra abrió las manos. Ése era un importante condicionamiento temporal que no había que desdeñar. Procurar que todo estuviera resuelto para las diez. O a lo más, en caso de conflicto grave, antes de que comenzara el segundo tiempo. Para subir utilizaría la escalera de bomberos. ¿Quería hacer alguna pregunta concreta?

—¿Es imprescindible subir por la escalera de los bomberos?

—No hay otro camino. Ha puesto una barricada del otro lado de la puerta.

El teniente se levantó.

—¿Está todo listo?

Se volvió hacia el bombero. La Galarreta se había dormido de bruces sobre la mesa.

—Los bomberos que vayan desplegando la escalera.

Salimos del bar. La gente se agolpaba contra las barreras de protección, a ambos extremos de la calle. Había refrescado. Hacia Santa Engracia se veía un destello giratorio sin sirena. Cruzamos la calzada y entramos en la camioneta del megáfono. Un técnico en mono azul con galones de sargento manipuló el aparato. Se oyó un silbido atroz. El altavoz resonó en las fachadas.

UN, DOS, TRES.

—¿No ha vuelto a asomarse a la ventana? —preguntó el teniente.

—Hace un rato sacó la cabeza.

—Puede usted conectar.

> CREO QUE LO MEJOR SERÁ QUE HABLE PRIMERO USTED, MI TENIENTE.
> NO, QUE HABLE AQUÍ EL AMIGO.
> ¿YO?
> SOBRE TODO SEA PERSUASIVO.

Esperé unos segundos y tragué saliva. A través del parabrisas contemplé la altura negra y el disco resplandeciente del proyector en la fachada. Todo el mundo contemplaba la ventana, como si desde allí fueran a lanzar los fuegos artificiales. Me tocaba hablar. El técnico me pasó el micrófono. Los bomberos habían puesto en marcha un motor y la escalera iba subiendo lentamente hacia el quinto piso. Me pareció que lo mejor sería saludar a Moyano con entusiasmo.

> ¡¡¡MOYANO!!!

Por el altavoz salió un rugido terrorífico. Varias personas parapetadas tras las acacias se replegaron de un salto a los portales.

—Hable usted normalmente —dijo el técnico cubriendo el micrófono con la mano—. No hace falta que grite, para eso está el altavoz.

Me incliné sobre el micrófono como sobre la cuna de un recién nacido.

> MOYANO, SOY JUAN RUIZ.

Hubo una pausa. Nunca se había escuchado mi nombre con tanta expectación.

> MOYANO, SOY TU AMIGO JUAN, SEGURO QUE TE ACUERDAS.

Se hizo un silencio total. Seguíamos con los ojos clavados en el círculo de luz que marcaba el proyector. La escalera de los bomberos iba alcanzando la altura del tercer piso. Al cabo de unos segundos corrió por la calle un murmullo y en el círculo de luz asomó una cabeza y el cañón de una escopeta. Era Moyano. Al poco rato vimos cómo se inclinaba sobre el alféizar con medio pecho fuera. Dio una gran voz agitando la mano.

—¡Pocotaco!

—¿Qué ha dicho? —preguntó el teniente.

—Una incoherencia —dije yo.

—Creo que ha gritado «pocopaco» —dijo el agente que estaba detrás.

—Ha dicho Pocotaco —dije yo sin perder la serenidad—. Es el apodo que me daban en los billares.

—Respóndale usted —ordenó el teniente.

Me incliné sobre el micrófono.

MOYANO, QUÉ ES DE TU VIDA.

Tardó un rato en contestar. En su situación la pregunta era demasiado complicada.

—Dígale que va a subir a verle —dijo el teniente.

MOYANO, VOY A SUBIR A ECHAR UNA PARRAFADA.

Moyano se inclinó aún más sobre el repecho de la ventana con la camisa abierta, cegado por la luz, intentando localizar la furgoneta del megáfono. Se puso las manos delante de la boca haciendo bocina, pero el motor de la escalera que en aquel momento lanzaba su último tramo le cubrió la voz.

—Creo que ha dicho que cuando quiera —aclaró el técnico.

—Dígale que ahora sube —dijo el teniente.

AHORA SUBO, ESPERA UN MOMENTO.

La escalera llegaba al quinto piso. Los bomberos vigilaban la maniobra de acercamiento como si fuera la operación de atraque de un barco. Los últimos peldaños niquelados entraron en la zona del proyector. En lugar de rechazarlos, Moyano los atrapó con ambas manos.

AHORA SUBO, MOYANO; NO TE MUEVAS.

—No olvide los consejos del psiquiatra —dijo el teniente.

—Intentaré no olvidarlo.

Devolví el micrófono. El teniente me estrechó la mano.

—No hay por qué volver la vista atrás.

—Ni Moyano ni yo tenemos por qué arrepentirnos de nuestro pasado.

—Me refiero a la escalera. Lo mejor es no volver la vista atrás.

De repente tuvo un impulso familiar.

—Lleve usted tabaco. A lo mejor necesita tabaco.

Se desabrochó la guerrera y me entregó un paquete.

—Gracias.

Salí de la furgoneta y crucé la calle. Me dirigí al camión de los bomberos. Todo el mundo me contemplaba con gran admiración, como en otros tiempos, cuando yo mismo pensaba que algún día llegaría a ser redactor jefe.

Subir por una escalera de bomberos no es una hazaña imposible. Se trata de ir poniendo un pie tras otro, recordando lo mucho que de niño le gustaba a uno el circo, y lo que aprendió en las prácticas del servicio militar. Cada cinco peldaños cambiaba de lugar un mosquetón que me mantenía asegurado al pasamanos con una cincha. Los barrotes niquelados brillaban como un alegoría de la ascensión al paraíso. Un monstruo sin volumen subía reptando por la fachada. Era mi propia sombra. A la altura del tercer piso me libré de ella, cuando el proyector se hizo cargo de mí, pulverizándola. De la calle subió un murmullo. Me detuve un minuto. Contra todos los consejos, volví la vista atrás. Era magnífico. Triunfar debe de ser eso. Luz en polvo, murmullos expectantes y la borrachera de las grandes alturas. Faltaban unos pocos metros cuando asomó la cabeza de Moyano. Le vi sonriente. Unos peldaños más y ya le pude estrechar la mano. Cuando estuve a su altura me agarró por los hombros.

—Pasa.

Solté el mosquetón que me ataba a la escalera. Me puse a horcajadas sobre la ventana y salté dentro.

—Moyano, estás hecho un loco —dije sin más rodeos.

—Estás hecho un tío —dijo él—. Subirse por esa escalera.

Con el resplandor del proyector, el salón de Galarreta parecía un plató de cine. Moyano lo había despojado de muebles para levantar una barricada delante de la puerta de entrada. Sólo quedaba un sofá y un butacón, al fondo de la pieza, como si fuera la escena de rodaje. Sobre el sofá un cuadro representaba la *Lección de Anatomía*. De otra pared colgaba una escena de caza. Entre ambos lienzos me pareció adivinar una relación, como si el ciervo perseguido y el cadáver sobre el mármol formaran una secuencia temporal lógica, la indiscutible racionalidad del Destino, o el aprovechamiento de los recursos naturales. Recordé a los tiradores apostados en las azoteas, y por si había un error, y porque al fin y al cabo Moyano era amigo mío le aparté de la ventana. Hacía tantos años que no le veía que me pareció más joven, o sea, más joven de lo que uno calcula que han sido los años, los fracasos y las oportunidades perdidas. Lo primero que hizo fue darme un abrazo. Luego recogió la escopeta. Le expliqué que no teníamos mucho tiempo, porque todo el barrio andaba alborotado y había un partido en la televisión. Moyano me dijo que en efecto no teníamos mucho tiempo, y por eso había venido a Viriato cincuenta y cinco, porque me quería ver.

—¿A mí?

—A ti. Necesito un periodista.

—¿Y qué haces entonces en casa del doctor Galarreta?

—¿Quién es el señor Galarreta?

—El dueño de este piso.

—No había nadie en tu casa y vine a tomar posiciones. La vieja dice que es tu tía.

—Es mi tía.

—Créeme que lo siento. No debe de ser fácil.

—No, no es nada fácil.

En algo Moyano no parecía tan loco como uno se podía imaginar desde la calle. Me preguntó si quería ver a los rehenes. Le dije que me parecía correcto saludarlos y me condujo a las profundidades de la casa. Reconocí la distribución de las habitaciones, simétrica a la de mi piso, y por ello más extraña. Las tarimas del pasillo cedían con diferente crujido, y el recodo era siniestro, por invertirse de lado. El empapelado del *hall* florecía, cuando el mío eran vástagos de bambú. Durante las primeras horas del asedio Moyano había acumulado un pequeño almacén de mudanzas contra la puerta de entrada. Mi tía y Galarreta estaban en el dormitorio, sentados en la cama, con las manos entrelazadas. Galarreta tenía la expresión que yo le había visto una vez cuando se quedó atrapado en el ascensor. Mi tía lloraba como el día en que le robaron la cartera. Al reconocerme dio un grito. No esperaba verme allí, cómplice de aquel monstruo. Galarreta la tranquilizó. Había oído las voces del megáfono y se figuraba que yo era el emisario.

—Calma, Merche, es tu sobrino.

—Verdugo.

—Voy a convencer a Moyano para que salgamos todos de aquí. Es un amigo —dije yo.

Moyano asintió. Mi tía le llamó Judas. Moyano se encogió de hombros. Apagó la luz y me sacó del cuarto. Con una mirada algo demente me explicó que llevaba toda la tarde intentando convencer a mi tía de que él no era Judas.

—¿Tengo yo cara de Judas?

—No, Moyano, tú no tienes cara de Judas.

Me pareció que se tranquilizaba sin entrar en mayor argumentación. Volvimos al salón. Moyano se sentó en la butaca con la escopeta sobre las rodillas y yo en el sofá. Alajarín le había hablado de mí. Y Alfredo Gavilán le había dado mi dirección. O viceversa. Ya no lo recordaba, o les confundía, porque todos aquellos amigos de los billares eran gente adulta ahora, dijo enarcando las cejas, escéptico y quizás asombrado por los cambios que la biología introduce en las personas para perseguir no se sabe qué maduros objetivos. De las verdes praderas de las mesas de billar, la juventud se había dispersado. Alajarín era un señorón y Gavilán un cantamañanas desconfiado.

Le dije que Alajarín dirigía una empresa de transportes y Fredi Gavilán era agente de importación-exportación.

—Lo mismo da —dijo Moyano espantando una mosca o una obsesión de la frente. Añadió que los había encontrado en el momento decisivo, cuando en la vida sólo quedaba dos alternativas, matar o morir. O ir a ver a un periodista.

Le di una palmada en las rodillas. Agarró la culata de la escopeta, pero sonrió como un cordero.

—Si, Juanito, el mundo está lleno de hijos de puta.

Me pareció que lo más conveniente era decir que sí. Además con eso no renunciaba a mis convicciones.

—Lleno —insistió Moyano con el entusiasmo propio de los alucinados.

—Sí, yo también lo sé.

—¿Lo sabes?

—Figúrate si no voy a saberlo.

—¿Tantos como hay? Ahora mismo la calle está llena de hijos de puta.

—No, hombre, no.

—Te lo garantizo.

Se levantó y fue a asomarse por un ángulo de la ventana con grandes precauciones.

—Lleno.

—Lo que sucede es que te has pasado la tarde rompiendo los cristales del barrio —dije yo.

—Lleno —repitió sin oírme—. Juanito, tú eres periodista y quiero que escribas un libro sobre esa abundancia.

Volvió a arrellanarse en la butaca. Imaginé al teniente consultando el reloj y consulté el mío. Moyano advirtió el gesto. Me miró desconfiado, como si yo también formara parte del libro que me había encargado escribir.

—¿Tanta prisa tienes?

—Ya sabes, Moyano, hay gente que espera ahí abajo. No les vas a hacer esperar toda la noche.

—No, toda la noche no.

Entonces quiso hablarme de dos asuntos. Era la desesperación lo que le había llevado allí. ¿Qué sabía yo de la quiniela hípica?

Le dije que nada.

Pasó entonces a describirme el mecanismo de las apuestas en general, de los juegos de azar y de destreza, de los méritos comparados de las diferentes loterías y de la emoción ingenua de las máquinas tragaperras. Concluyó que la quiniela hípica, con ser la manera más noble de jugarse el dinero, la que reúne al hombre y al caballo en una misma ambición, era también nido de manipulaciones para perjuicio del apostante particular, de la Sociedad de Fomento de la Cría Caballar y en beneficio de Hacienda, donde absolutamente nadie entiende de caballos.

En cuanto al segundo asunto era más sencillo y de índole particular. Le habían robado el coche con las llaves puestas. Para la compañía de seguros aquello no era robo, sino préstamo involuntario de duración indeterminada. No cabía indemnización. ¿Por qué la injusticia siempre se escribe con letra pequeña en los contratos? Esperaba de mí que lo sacara en el periódico en primera página y con grandes titulares.

De sus años de estudiante en Derecho le había quedado a Moyano el arte de la oratoria. Levantaba la mano enardecido, mientras con la otra mano sujetaba la escopeta. Era un monólogo repetido muchas veces, que había perdido ya los flecos, y había pasado por las noches de insomnio con los mismos gestos amplios que deshacen las sábanas, derriban la mesilla de noche, y al cabo, con el alba, carece de sentido y se resume en una imprecación. Recordé a Moyano en circunstancias diferentes. Se inclinaba en actitud orante sobre la mesa de billar, bajo la luz cenital de una medusa, el espíritu recogido en el ángelus de la geometría, el tacto vertical como un báculo en sus manos. Estimaba el ángulo de impacto en las bandas, y proyectaba sobre el fieltro los arcos teóricos que le dictaba la experiencia de muchas horas en la misma oración y su instinto sobre el comportamiento complejo y racional de las tres bolas de marfil. Se llevaba un dedo a los labios pidiendo silencio. Musitaba un número cuántico. Y llegaba al fin, con adjetivos de ilusionistas, el instante mágico de la carambola (según expresión de J. Balbín, el crítico de *Marca,* que en dos ocasiones llegó a estampar el nombre de Miguel Moyano en sus crónicas sobre torneos de aficionados). Moyano era un gimnasta, un atleta y un ermitaño del billar. Pensé que de alguna manera los genios están abocados a comerciar con la locura y a frecuentarla íntimamente. La inteligencia despejada de Moyano se había transformado en una mirada inquieta como un galope. El cerebro que en otros tiempos visualizaba la geometría de la mesa verde era ahora una caja registradora de talones perforados, y por su espíritu circulaban las corrientes de aire de los pabellones desiertos, tras la última carrera, arrastrando programas inservibles y boletos sin acertante. Del juego de precisión había pasado a cierta forma de la estadística, y de ahí al juego incontrolado, antes de que todo se precipitara en el caos de una noche como aquélla, que quizá no era el caos, sino la más sólida y la más lúcida noche de cuantas le habían sido dado vivir desde otros tiempos. Y le habían despedido del trabajo, una sórdida oficina fiscal, pretextando unas cuentas mal cuadradas. Y le había dejado la mujer. Y le habían robado el coche. El mundo era un entendimiento ilícito, dijo Moyano, y de todo ello debía yo hablar en el periódico.

—¿De lo de tu mujer también?

—No, de lo de mi mujer no.

—De todas maneras, ya no trabajo en el periódico.

Se quedó sorprendido. Creo que se preguntaba cuál podía ser mi vicio, o la reunión de hijos de puta que se había conjurado, y a punto estuve de darle un pormenor.

—Ahora trabajo en la revista del Ayuntamiento.

—Es lo mismo —dijo animándose, no fuera yo también a caer en un bache—. Lo pones en la revista del Ayuntamiento.

Permanecimos en silencio. Me pidió un cigarrillo y le ofrecí la cajetilla que me había entregado el teniente. Empezó a fumar lanzando el humo hacia el rectángulo de la ventana. Los bomberos habían apagado el proyector y la habitación había quedado sumergida en una claridad azulada, recogida por el cielorraso. Recordé la calma de lugares desconocidos, la salita de espera de una consulta súbitamente privada de luz, la inminencia de algún acontecimiento cinematográfico, con la pantalla fosforescente aún virgen, una avería cualquiera en la televisión iluminando los rostros con un parpadeo espectral, derrotado, porque aquella situación era incompleta y faltaba la indecible solución que nos acercara. Moyano conjuraba en voz baja la ausencia de una copa de coñac al alcance de la mano. Calculaba el valor de dos rehenes en copas de coñac, hasta que apuró el cigarrillo y arrojó la colilla por la ventana en una parábola tan perfecta que demostraba que no había perdido todas sus habilidades.

Alguien llamó a la puerta del salón. Era Galarreta. Pedía permiso para entrar, sujetándose los pantalones con las manos. Moyano le había quitado el cinturón como medida cautelar para evitar evasiones. Lo había visto en una película.

—¿Qué sucede?

Sin pasar del umbral Galarreta explicó que los bocadillos y las cocacolas les habían dado sed. Pedía permiso para ir a buscar un vaso de agua. Moyano le dijo que podía ir a la cocina. Oímos el chorro del grifo sobre el fregadero, y luego pasos discretos en el corredor, y luego nuevos pasos y el goteo del grifo mal cerrado. Hubo una corriente de aire que cerró con estrépito una puerta.

—¿Sabes a quién he visto esta tarde, Moyano? A Mike Ríos.

—Mike Ríos, ése sí que era un tío grande.

—¿Te acuerdas? *El rock de la gallina. El rock de Adán. El tren del infierno...*

—*El refugio, Popotitos...*

—*Popotitos* no era de Mike Ríos, te falla la memoria.

—*¿Popotitos?*

—Te falla la memoria. *Popotitos* no era de Mike Ríos.

—Me fallarán muchas cosas, pero *Popotitos* fue el éxito de ventas de Mike Ríos en el verano del sesenta y ocho.

—No.

En aquel momento resonó una voz en la fachada, abstracta como un reloj astronómico.

> SON LAS DIEZ MENOS DIEZ.
> ATENCIÓN, DEN SEÑALES DE VIDA.

Moyano hizo un gesto hacia la ventana aferrando la escopeta.

—Pocotaco, eso va por ti.

—Ahora tienes que bajar, Moyano —dije yo.

—¿A dónde?

—A la calle, a tomar unas copas. Yo te acompaño a tomar unas copas.

—Yo no quiero copas.

Me levanté y fui a asomarme a la ventana. El teniente había salido de la furgoneta y se había plantado con los brazos en jarras junto al camión de los bomberos. La escalera arrancaba de una infinita profundidad y su extremo oscilaba golpeando suavemente el alféizar con un balanceo marino y musical.

—Ahora vamos —grité.

—¿Quién?

—Los dos.

El teniente hizo bocina con las manos.

> QUE BAJE PRIMERO EL SUICIDA CON LAS MANOS DETRÁS DE LA NUCA.

Hice también bocina.

> CON LAS MANOS DETRÁS DE LA NUCA NO PUEDE BAJAR POR LA ESCALERA.
> QUE BAJE POR LA ESCALERA Y CRUCE LAS MANOS DETRÁS DE LA NUCA EN CUANTO PONGA LOS PIES EN EL SUELO.

—Ya lo oyes, Moyano —dije volviéndome hacia él.

—Ya lo ves, Juanito, unos hijos de puta —dijo Moyano.

Los bomberos encendieron de nuevo el proyector y yo me retiré de la ventana. El salón se inundó con la claridad irreal de una sesión de rodaje, despertando la fosforescencia del cadáver en el cuadro de Anatomía, y un resplandor en la testuz del ciervo perseguido en la escena de caza. Moyano suspiró y dejó resbalar la escopeta a sus pies. La recogió y la depositó apoyada al brazo del sillón.

—¿Sabes lo que te digo, Juanito? Lo más triste no es perder mil duros en una carrera. Lo más triste es que un caballo se rompa una pata.

—¿Quieres que bajemos por el ascensor?

—Ni hablar. Yo bajo por esa escalera.

Volví a la ventana. El proyector me cegó. De la calle subía la vibración de unos miles de vatios y el zumbido de un ventilador.

Moyano se levantó y vino a mi lado. La escopeta, junto al sillón vacío, parecía esperar otro desenlace en el mismo guion. Más allá de la vibración eléctrica se oía el tráfico de la noche y la sirena de una ambulancia en otro acontecimiento que no era aquél. Moyano me puso la mano en el hombro. Se inclinó sobre el alféizar como quien mide la altura desde un trampolín.

—¿No irás a saltar?

—¿No has dicho que íbamos a tomar unas copas?

—Por supuesto.

—Pues vamos a tomar unas copas.

—Me alegro de que hayas cambiado de opinión.

Entonces pensé en los rehenes, en Galarreta y en mi tía, pero Moyano no parecía pensar en ello, de forma que no lo mencioné. Le ayudé a pasar por la ventana y a ponerse a horcajadas. Su cuerpo era torpe, cercano a alguna especie de inercia. Pasó la otra pierna y se aferró a los primeros peldaños.

—Esto es como en el circo —dijo sonriendo.

—Ahí abajo está tu público.

Levanto una mano y saludó. Toda la ciudad estaba a la expectativa, pero no creo que fuera eso, sino que ninguno de los dos lo teníamos claro, y ser protagonista de un suceso siempre produce alguna clase de megalomanía. Para que todo resultara más vistoso desde Malasaña empezaron a lanzar los fuegos artificiales del dos de mayo. Se levantó una bengala por encima de los tejados y se abrió un surtidor de estrellas. Luego siguieron los ramilletes fatuos, tan lentos que parecían estáticos, y a continuación los meteoritos de un solo color intenso, verde o escarlata. Estallaba el cohete ciego y unos segundos después se producía la lluvia incandescente, el paraguas de una gran flor y el caos. Moyano se volvió y saludó, porque de algún modo todo aquello era para él. Dicen que los errores son cosa de pocos segundos. También dicen que el día de mayor triunfo puede llevar consigo, como una oscura compañera, la mayor desgracia, y viceversa, obedeciendo a no sé qué lógica desesperada que nadie ha comprobado. Cuando Moyano ofrecía todo su cuerpo, con una mano asida a los barrotes y la otra levantada recibiendo aquella suerte de homenaje sobrenatural, se oyó un estampido y se le partió el pecho. Yo vi el chorro de sangre saltar con fuerza, como si le hubiera alcanzado la misma potencia del fuego que estrellaba la noche. Fue un surtidor que le bañó la cara y le empapó instantáneamente la camisa. Luego se habló de uno de los tiradores apostados en las azoteas, sobresaltado por un cohete desviado, o por una bengala escupiendo pólvora que excitó su olfato, y para librarse de la hipotética amenaza apretó el gatillo. También el teniente, más tarde, con grandes voces y llevándose la mano a la funda de su pistola reglamentaria, justificó el fusilamiento no deliberado atribuyéndolo a la tensión nerviosa, y al hecho de que aquello precisamente no era el circo, y el haberse demorado había acarreado tamaño error. Moyano me miró unos segundos, con la gran interrogación de las pesadillas, tú también, tú Judas, y se le fue la mano de los barrotes aflojando los dedos con la levedad de una despedida. Se deslizó por la rampa. Siguió de bruces contra la escalera, arrancando con la frente un martilleo rítmico a los peldaños, tú también, tú Judas. Unos metros más abajo giró sobre sí mismo como si tuviera los pies trabados. Se le llevaba la luz. Se precipitó de cabeza como un trapecista en su peor momento. Dio un salto hacia delante con los brazos aspados y las piernas en un remolino independiente, y muerto desde el primer instante se sumergió en la luz, y en el grito que entonces, desfasado, se levantó en la calle. Con tal fuerza le atraía aquel triunfo invertido que cayó sobre el proyector, y tal cortocircuito se produjo que de ahí sólo extrajeron, con grandes precauciones, ya avanzada la noche, unos restos calcinados, unas llaves y un zapato impar.

Dos días más tarde tuve que acudir al depósito de cadáveres a identificar ese zapato desparejado. Una mujer menuda, joven todavía, nerviosa como si el difunto fuera aún su novio y les separara alguna disputa, identificó el llavero y la alianza de oro arrancada a un dedo renegrido. Era la mujer de Moyano. Delante del cuerpo carbonizado sufrió un ataque de histeria. Con la ayuda de un celador en bata blanca y gorro de loquero, la llevamos a una salita. Firmé el documento que me presentó el forense. Luego volvió el celador con un calmante y un vaso de agua y otro documento que ella debía firmar. Le pregunté si quería que la acompañara a algún sitio y me respondió que no. Había recuperado una serenidad algo severa, como si siempre hubiera pensado que tarde o temprano todo tenía que acabar así.

—¿Usted sabe si me van a entregar las llaves?

—Se lo entregarán todo en cuanto llenen el atestado.

—Me gustaría volver a casa. Miguel había cambiado las cerraduras.

Se arregló el pañuelo sobre la cabeza con otro problema ya resuelto. Fuimos andando por pasillos tubulares hacia una sala blanca como un refrigerador.

—¿Ustedes dos se conocían del hipódromo?

—Nos conocíamos de los billares.

—Nunca me dijo que jugara al billar.

—Era un gran campeón. Muy discreto, muy fino.

—Era muy fino en muchas cosas —dijo ella—, pero ya ve.

—Ya veo.

En el vestíbulo nos esperaba el teniente Orejón. Había visto su nombre en los documentos. Estaba recién afeitado, con la gorra debajo del brazo, en perpetua consulta de su reloj. La mujer de Moyano le saludó, se puso unas gafas de sol y desapareció hacia la salida. El teniente me retuvo por el codo.

—No olvide que tiene que pasar por comisaría.

—No lo olvido, no.

Se inclinó sobre mi hombro, atusándose la barbilla, buscando la manera de entrar en confidencias.

—Le tengo que decir algo importante. Es una apreciación personal. Estimo que es usted un hombre de mucha sangre fría.

—Los periodistas necesitamos tener la sangre fría, teniente. Es un oficio muy crudo.

—Créame que lo siento. La viuda recibirá probablemente una indemnización.

—¿Una caja de champán?

—Lo que prescriba la ley. Salude de mi parte a su tía. Y al señor Galarreta. Ayer le vi en la televisión contando su fuga. Ese hombre salvó la situación.

—Es un hombre de recursos. Le saludaré de su parte.

Se puso la gorra disculpándose. Le llamaba el forense.

—Nos veremos en comisaría —repitió.

—No faltaré.

Busqué la salida por los pasillos fluorescentes hacia la mañana de primavera. Pensé que se estaban desvaneciendo los últimos vínculos que me unían con la situación, y para llevarlo más tranquilamente me senté en una terraza a tomar una cerveza. Es cosa bien sabida que el contacto con la muerte da sed. Vacié un par de cañas y luego eché a andar por los bulevares. Era la una y media. Me quedaba media hora hasta la hora de comer.

Que Galarreta, a pesar de su edad, era hombre de recursos, de eso todo el mundo había quedado convencido. Únicamente yo había tardado en comprenderlo. Con todo sigilo, y desde la cocina, había aprovechado la ocasión para organizar una audaz fuga con mi tía por la puerta de servicio. Nos había invitado a comer a mi tía y a mí, y tenía dos razones para hacerlo. La primera celebrar el desenlace, y la segunda anunciarme el enlace. Mi tía, por su parte, ya me lo había anunciado. Las situaciones dramáticas unen mucho a las personas y además, confesó, llevaban años frecuentándose. Me esperaban en el Horno de la Abuela, un restaurante de la calle de Alburquerque, y cuando llegué ya estaban instalados tomándose un vermut.

Mi tía llevaba un vestido estampado de flores azules y amarillas, moderadamente provocador. Había sacado la artillería de perlas y se había pintado los labios de un carmín juguetón. Galarreta se había acicalado como para la entrega de una distinción académica. Entre plato y plato cruzaban las manos por encima de la mesa con ternura de colegiales. Comentaron ampliamente los acontecimientos como si de ahí arrancara su felicidad.

—Te vi muerto, Julio.

—Por favor, Merche, no exageres.

—Le echaste mucho coraje.

—Por favor.

Luego acordaron que se casarían en Canarias, porque ésa era la ilusión de mi tía y la derrota de los pronósticos de las amigas de mi tía, y además Galarreta se ahorraba un viaje de novios a Canarias, que era su ilusión. Comí un asado lúgubre. Con los postres y una copa de licor, Galarreta admitió, ahuecando el pecho, que ciertamente no había sido fácil. No quedaba claro a lo que se refería y mi tía se emocionó. Luego Galarreta la llevó al cine y yo me fui a casa a descansar.

Me acordé de una botella de coñac reservada para las ocasiones duras. No tardé en consolarme. Pasé una siesta sudorosa y algo empachada. Sobre las cinco de la tarde llamó Alajarín. Reconocí su voz escueta y recelosa. Había leído la noticia en los periódicos. Un desastre. Había encontrado a Moyano por azar diez días antes. Muy flojo. Y algo borracho. Le había intentado dar un sablazo y había terminado por quitárselo de encima con cinco mil pesetas. Siempre supo que Moyano acabaría así.

—Hombre, yo no hubiera pensado...

—Hay gente que se lo busca, Juanito, ir por la calle asaltando a los amigos y apestando a vino.

—Estaría en un apuro.

—Pues no se está en apuros —concluyó con su voz de tiburón.

Luego hablamos de nosotros. No nos veíamos y deberíamos vernos. Ya había leído mi firma en el periódico. Un carrerón. Le dije que ya no trabajaba en el periódico. Mejor así. Un órgano de mentiras oficiales. Desde luego nos teníamos que ver y organizar una cena, pero el tiempo se lo llevaban los negocios y ya consultaría con la secretaria para encontrar un hueco. Se despidió trazando círculos, con el calor humano de los grandes escualos y la misma peligrosa efusión.

Media hora más tarde llamó Fredi Gavilán. Le dije que precisamente acababa de hablar con Alajarín, pero no pareció que le incumbiera directamente. Llamaba por lo de Moyano. Le había encontrado en la calle una semana antes y le había pedido prestadas cinco mil pesetas. Al parecer bebía. No le hubiera extrañado que se encontrara en un lío financiero.

—Miguel Moyano bebía desde los catorce años y le robaba los duros de la cartera a su mamá —expliqué yo.

Fredi Gavilán era una persona sensible y lo comprendió. Hay vidas mal encarriladas desde el principio.

—¿Sabes si tenía familia?

—Ha dejado una viuda sin hijos.

—Mejor así. Quiero decir, una viuda sin hijos se vuelve a casar fácilmente.

—Creo que eso ya lo estaba pensando ella antes de quedarse viuda.

—Mujeres.

También hablamos de que nos teníamos que ver. Fredi Gavilán era una persona tan discreta que uno se preguntaba si le había conocido alguna vez. Viajaba con frecuencia al extranjero por sus asuntos de exportación-importación, y el escaso tiempo libre se lo dedicaba a un pariente, o a una novia, que según entendí era tullida. Intentaría llamarme el mes que viene. O durante el verano. Quedamos en que octubre era el mes más adecuado si no surgía alguna contrariedad. Entretanto me daba un abrazo, y que siguiera triunfando en el periódico. Ya le habían dicho que era uno de sus mejores elementos.

Después de colgar volví a la botella de coñac con el pensamiento de que, si Moyano bebía, lo acertado era brindar en su memoria. Hay situaciones solitarias en que uno no sabe si la amistad es cosa buena, o una podrida sombra y un recuerdo falaz. Al rato me encontré con la botella de coñac terciada, camino de no conservar más del cincuenta por ciento del contenido y destinada, si no había remedio, a su extinción. Pensé en Moyano, y en la muerte, y en todas las angustias accesorias que de ordinario rodean tales pensamientos, el agudo sentimiento de lo absurdo, suavemente perfumado por el alcohol, la cruda realidad del fracaso, bien anudado con una úlcera en las tripas y la doble cruz de la ambición insatisfecha y de la juventud perdida. Creo que dormí un cuarto de hora, quizá más. Me despertaron unos ronquidos que resultaron ser míos. Me levanté a orinar y a lavarme las ojeras delante del espejo.

Del patio interior subían los ruidos familiares de la casa, el batir de huevos para las tortillas de la cena, el chorro de un fregadero, la indiferencia de la televisión. Me afeité y tomé una ducha. Mientras corría el agua me dije que así pasa el tiempo, con el mismo fragor y el mismo destino torrencial del sumidero. Durante unos segundos se repitió la vertiginosa visión de la caída, y el gesto desconcertado de adiós, pero ése no era el camino, y se repitieron otras voces en ámbitos diferentes, el salón de billar y la especial resonancia de las carambolas, la elegancia de nuestros movimientos adolescentes, la técnica depurada, el limbo de los justos, el lugar donde el tiempo se hallaba detenido y es un espacio que nadie hubiera debido abandonar.

Cuando volví al salón, sonó el teléfono. Era otra vez Alajarín y quería charlar. Ahora su voz era pausada, como los grandes cetáceos cuando suben a la superficie y se dejan mecer por las olas, mientras respiran y descargan vapor. También él había estado recordando otros tiempos, con Moyano, y los demás. ¿Qué había sido de Fredi Gavilán? ¿Y de aquel individuo que llamábamos el Lince?

Le dije que Fredi Gavilán acababa de llamar.

Se alegró y hablamos de otras cosas, especialmente del concierto de Mike Ríos, en el sesenta y ocho, el año de *Popotitos.* Le corregí, *Popotitos* no, y durante un momento nos perdimos en una discusión sobre si era o no era el año de *Popotitos,* o si Mike Ríos había compuesto o no un rock tan desmelenado como aquél. O fueron Los Relámpagos, o Los Rayos, o Los Centellas, un grupo que Alajarín defendía con veinte años de retraso y del que yo jamás había oído hablar. Luego volvió a lo de Moyano. A pesar de todo, Moyano era un tipo cabal y un maestro con el taco. ¿No se hizo un torneo en los Billares Victoria cuando acabó Derecho?

No, no se hizo, porque nunca acabó Derecho.

Pues se podía hacer ahora. Una copa para jóvenes aficionados. Alajarín conocía al presidente de una marca de cervezas que podría apadrinar...

—¿Qué hora es? —preguntó de repente.

—Pasadas las nueve.

Me explicó su situación. La secretaria se acababa de marchar y estaba solo. Y harto del trabajo. ¿Qué tal si improvisábamos una cena?

—De acuerdo.

Nos dimos cita dentro de media hora en la Casa del Jamón. Él se encargaba de reservar mesa.

Apenas había colgado cuando sonó el teléfono otra vez. Era Fredi Gavilán. Pero ya sabía yo que llamaba para decir lo mismo y apuntarse a cenar.

Los labios de vermut

En el nombre del Padre, del Hijo y del Espíritu Santo, había besado innumerables veces con sus labios oscuros la cruz del índice y del pulgar. La última vez, que recordaba con náuseas, estaba de pie delante del ataúd de su padre. Tenía diez años. Habían instalado el féretro, ya cerrado, en la salita de la entrada, esperando el homenaje de alguna visita improbable y de los empleados de pompas fúnebres. Sobre la reluciente y bien encerada madera, color cereza, su madre había colocado el estuche guarnecido de terciopelo con la medalla al mérito naval, un detalle incongruente cuando uno piensa en el cuerpo cenagoso que estaba empezando a descomponerse allí dentro. Había adornado la mesa con un gran ramo de azucenas, antiguo símbolo de pureza que de ordinario se atribuye a las vírgenes, a los niños y a los idiotas. Un rayo de sol oblicuo cortaba en dos el féretro color cereza. No, no intentaba corregir para nada ese color resplandeciente aparentemente absurdo. Un poco más arriba del rayo de sol, la medalla brillaba sobre una banda de madera más sombría. La habitación tenía una luz perfecta, de una transparencia original. En esta claridad lisa y sin arrugas todo parecía acogerse al signo de la liberación. Otro detalle que daba ahora a la escena un carácter puramente imaginario: a través de la ventana cerrada se veía el océano, una línea inmóvil, recortando un plano verde y estremecido a un tercio de su altura. La imaginación podía, pues, fugarse de la asfixiante atmósfera de la sala y lanzar su caballo sobre la vasta pradera marina con un escándalo de cristales rotos, bello galope de un sueño nunca realizado. Dos meses más tarde se trasladaban a Madrid. No había vuelto a ver el mar desde entonces, salvo en el cine, y todavía continuaba mirando en aquella dirección con el aturdimiento de los recuerdos infantiles.

En el nombre del Hijo, hubiera sido capaz de matar, incluso ahora, pues el hijo era su hermano menor, su nombre era Marco y le quería de verdad. En la escena evocada, Marco se mantenía muy tieso en su silla, con las vértebras martirizadas por la nariz de una cabeza de conquistador labrada en el respaldo. Marco tenía entonces ocho años. No recordaba haberle visto llorar o cosa por el estilo. Aquella misma mañana habían aplastado su hermoso pelo rizado con una mezcla de agua y brillantina para obtener una pelambrera más digna y más noble. De hecho, tenía un aspecto de niño perdido y sospechoso, y ambos habían reído juntos haciendo muecas delante del espejo. Marco era el huérfano más despreocupado que había visto en su vida. A él, sin embargo, le gustaba imaginarlo de una manera diferente: era el cordero suave y obediente que había que proteger a cualquier precio y eso le incumbía a él directamente, y por esa razón le había cogido de la mano, intentando tranquilizarle, esforzándose al mismo tiempo en dominar unas insoportables ganas de reír delante del moscardón verde que se agitaba sobre la gota de oro de la medalla.

En el nombre del Padre, nada venía a sus labios, ni siquiera el nombre de su padre que llevaba sin embargo con él, José Alfredo Ignacio, Fredi, incrustado entre los nombres de un abuelo y de un bisabuelo, como un cromosoma que no podía sacudirse de encima mediante un acto de voluntad. Odiaba esa letanía de nombres que le convertían en el portador de una raíz familiar cuyas virtudes había decantado la genealogía. La sangre marinera corría por sus venas. Era el digno sucesor de una dinastía de lobos de mar, ya que su abuelo había ido a pescar el bacalao a las costas de Terranova, y su bisabuelo había seguido a la flota de Filipinas, de donde regresó con una derrota, chales de Manila y dos valvas de ostra gigante. Se añadía por parte de su madre un cuarto de sangre de inspector de puerto, menos romántico pero también curtido por el aire marino, a fuerza de contemplar por la ventana de un despacho el vaivén de los pesqueros. ¿Qué pensaba, pues, exactamente del código inscrito en el cerebro testarudo de los glóbulos blancos y de los glóbulos rojos? Por sus venas corría sangre marinera, sí, algo que no había que confundir con la sopa de pescado. Era el digno sucesor de todo el mundo, incluido su padre, aquel hombre babeante que se meaba en la cama y no se quitaba jamás la gorra de oficial de marina de una cabeza que la descompresión había bloqueado para siempre.

Fredi sabía que era el heredero de un hombre que había descendido en la escala del reino animal, y eso se le adhería a los dedos como una suciedad indestructible. Era inútil intentar deshacerse de ella. Tanto valía examinarlo de cerca, con la minuciosidad con que se observa a los insectos ensartados con un alfiler sobre un cartón y a los recuerdos cuyo tamaño ha disminuido con el tiempo. Un padre retenido en la vitrina cenicienta de un retrato, un padre encerrado en un bocal con dos peces de colores (volvería a hablar de esos peces de colores), los pies de pato aleteando por encima de la cabeza, máscara de inmersión, redondos ojos de pez tras el vidrio del bocal. Todavía le enviaba un mensaje de burbujas de aire desde aquel paraíso de los marinos muertos de aburrimiento.

El oficial merecía el ramo de azucenas reservado a los inocentes, de la misma manera que había merecido la medalla por la lesión que le había convertido en un monstruo idiota. El accidente sobrevino mientras desmontaba una mina oxidada que databa del asedio del puerto de Bilbao. Escéptico en cuanto a los méritos militares de su padre, Fredi pensaba que en realidad pescaba la dorada en quince metros de fondo (lo cual tenía su importancia, ya que, según él, las doradas se habían fijado en el cerebro de su padre con la lentitud y la fascinación que preceden a un largo sueño acuático). Los seis últimos años de su vida los había pasado tumbado en un diván, una masa de carne flácida que parecía a punto de derramarse por el suelo. Su única ocupación consistía en recortar círculos de papel, cuadrados, rectángulos y siluetas de barcos que navegaban por su inconsciente brumoso.

Y un buen día el monstruo dejó de rebullir inútilmente. Allí estaba, hinchado, tumbado en el diván, una pierna en el suelo junto a la gorra caída, un brazo cubriendo el rostro y el otro sobre el vientre. La fotografía de la pared se inclinaba siguiendo el ángulo del cuerpo, todo ello componiendo un cuadro que no era ni patético ni ridículo, un acontecimiento que no sorprende porque se le ha esperado demasiado. La microscópica burbuja que bloqueaba su cerebro se había desplazado unos milímetros. Un enrevesado capilar había decidido no regar más el último rincón de vida vegetativa. Yacía el hombre como una lechuga cortada, inmenso y absurdo, como si su verdadero lugar hubiera sido el mármol de la cocina. Y aquella lechuga era lo que habían metido en el ataúd. Solamente ese detalle justificaba el ataque de risa. No habían osado prender la medalla en los volantes de la lechuga, pero sí se habían atrevido a vestirle con su uniforme de oficial. Fredi lamentaba que su madre, silenciosa y sinceramente emocionada, no hubiera tenido la idea de vestirle con su antiguo equipo de inmersión para el largo viaje subterráneo del cementerio.

Cabía sin embargo añadir un ligero matiz de ternura o un prodigio inusitado: la foto de la pared, sobre el diván, se había inclinado en el momento del último suspiro siguiendo la línea fatídica de los barcos que se hunden. La mirada del niño observó aquel objeto que la muerte había rozado. Él mismo rectificó el marco, con cierta solemnidad, embargado por un relámpago de compasión delante del infinito pájaro negro que abre sus alas.

Durante años aquella fotografía le había permitido remontar al tiempo mitológico de la vida activa de su padre, y establecer una relación cotidiana de aborrecimiento con el modelo viviente que se desperezaba debajo. Fredi la conocía bien, aquella foto. Su madre había hecho de ella un símbolo, la última llave de su honor de mujer de oficial de marina, valioso sentimiento que había disminuido al mismo tiempo que las capacidades intelectuales del marido. La foto y su marco habían sobrevivido al traslado a Madrid, como un cordón umbilical con el difunto. Cinco hombres-rana se mantenían firmes con mar gruesa sobre el puente de una fragata delante de un objetivo de dudosa precisión. Imitaban una marcialidad de paracaidistas con su ridícula vestimenta, pies de batracio, traje de zambullida de caucho negro, cabeza redonda y negra recubierta del mismo caucho, máscara de vidrio sobre la frente y los depósitos de oxígeno con sus complicadas tráqueas apoyados en la pierna derecha. Esperaban quizás que un general vestido también de hombre-rana y cargado de condecoraciones perforantes, les pasara revista. Escuadrilla de submarinistas de la fachada marítima norte, cuyos ejercicios de alerta consistían en embutirse dentro de aquel disfraz.

Allí estaba su padre, el primero de la izquierda. Lo identificaba una cruz trazada a lápiz encima de su cabeza de animal anfibio, como si se tratara del animal escogido para un sacrificio que no iba a ser total, una pantomima de sacrificio más bien, ya que la víctima no debía derramar sangre ni exhalar su última bocanada de oxígeno por la patria, sino ser reducida a la impotencia de un niño idiota. En los tonos grisáceos de la foto se distinguían mal sus rasgos. Para observar su retrato había que dirigirse a la ampliación que su madre había mandado hacer exclusivamente del rostro, una ampliación que ignoraba las circunstancias de fragata, lluvia, palmipedismo y revista (eliminada también la cruz fatídica sobre la cabeza), para concentrarse en un rostro ovalado delimitado por el casco de caucho negro, la cabeza de un hombre bonachón disfrazado de diablo para la representación parroquial de un auto sacramental.

Con los matices de gris más acentuados se dramatizaba la expresión del papel en cuestión: oficial submarinista o diablo parroquial. Su mirada era firme y un poco jactanciosa. El cuello del traje de inmersión disimulaba afortunadamente unos cachetes que se afirmaban demasiado. Llevaba el bigote a la moda, fino y alargado, recortando con valentía el labio superior, el mismo bigote que había conservado, blanquecino, tras los avatares de su desmoronamiento al estado protoplásmico.

Nunca pudo adivinar Fredi las razones que empujaron a su madre a guardar precisamente aquella fotografía en lugar de su retrato civil, con sombrero gris perla de cinta negra y corbata rayada, o aquella otra, en uniforme de combate, chaleco salvavidas alrededor del pecho, a bordo del crucero *Virgen de Andes* frente a las costas de una Barcelona enemiga. Quizá fuera por las razones que llevan a una desgraciada mujer a descartar un pasado en que apunta la felicidad deseada para conservar únicamente las referencias que presagian el desastre. Entre los dos rostros, el de la ampliación y el del individuo en estado de ingravidez cerebral que pasaba sus jornadas babeando en el sofá, existía más de un parecido. Compartían una especie de segunda naturaleza líquida, una obsesión de las profundidades que tan pronto se despertaba delante de una bañera vaciándose como frente a un bocal en el que patrullaban dos peces empurpurados. Ambos, el ser babeante y el marchoso hombre-rana, parecían pertenecer a un mismo mundo de inteligencia turbia y astuta a la vez, poblado de algas gigantes, oscurecido por el líquido protector de un pulpo agazapado en lo más hondo del inconsciente. Se adivinaba al idiota bajo los rasgos del submarinista, como si el estúpido accidente de descompresión no hubiera sido más que la revelación total, entre dos aguas, del calamar preexistente. El calamar en el sofá. Brazos lánguidos, tentáculos de músculo sin hueso, orines y baba. Durante seis años su presencia reinó sobre la casa. Su madre aceptó al marino transformado en calamar doméstico. El pequeño Marco también, aunque en menor grado. Solamente quedaba él, Fredi, para cultivar el desprecio, una semilla que se elabora cuidadosamente, como se elabora un buen gargajo antes de lanzarlo, bombeando el pecho, sobre la víctima encañonada desde mucho antes. Orgulloso, el niño con náuseas retiene su bilis para hacer con ella un arma de la que se servirá más tarde. El heredero no reconoce a su padre. Yo te presento un espejo, Fredi. Brilla con todo su esplendor bruñido. En él aparece, radiante de insolencia y de odio, el tigre del Espíritu Santo.

Apareció un día un amigo de la familia con un regalo extraordinario: dos peces de colores en un bocal. Todavía recordaba Fredi a un hombre afectuoso, tímido, un poco torpe, que cogía a los niños sobre sus rodillas y pasaba unas horas de silenciosa compañía con su antiguo camarada. Sin saberlo, había introducido con el regalo la belleza en la casa del monstruo, y con una especie de intuición trascendental, Fredi supo desde el primer momento que aquellos animales maravillosos le estaban destinados, él era el guardián de la belleza y debía defenderla contra los asaltos estúpidos del calamar gigante. Ya su padre miraba a los peces rascándose bajo la gorra, repentinamente inteligente: «Esos dos, no les dejaría yo dar vueltas para nada.» Mojaba la punta del dedo en el bocal, removiendo el agua. Los peces, tan inteligentes como él, rasaban el fondo junto a la piedra en forma de gruta. Desplegaban sus aletas larguísimas, de un color anaranjado, casi transparente, en la exhibición de un lujoso juego de rapto nupcial. Cerrando los ojos, puede Fredi verlos todavía, inmóviles, temblorosos, agotados por interminables horas de persecuciones exuberantes tras las paredes circulares de la pecera. Ahora sabe que forman parte de un sueño y de una pesadilla, leves y enigmáticos, fantasma de un pasado celosamente secreto. Aquel mismo día su padre intentó alancearlos con una aguja de hacer punto, y ahí aparece la imagen terrible de la pesadilla, el pez de oro arponeado, debatiéndose ciego en la punta de la aguja. Fredi separó al idiota de un codazo. Tomó el bocal para llevarlo a su habitación y ocultarlo bajo la cama, donde, por las noches, podía sentirlos en perfecta seguridad, protegidos en su sueño por su sueño, enviándose mutuamente la pacífica delicadeza de un sueño ondulatorio.

Qué idea, poner el bocal bajo la cama. Hay que decir que en la penumbra polvorienta los peces parecían más misteriosos todavía, animales de un mundo tan irreal como la cueva imaginaria que se abre bajo el lecho de los niños. Tumbado en el suelo, cruzando las manos bajo el mentón para formar un cojín, el niño disponía del día entero para contemplarlos. La luz indecisa despertaba reflejos insospechados, una ventana esférica se abría en el bocal y lanzaba un dardo de mercurio para ir a explorar algún informe rincón de las profundidades. El pesado techo del colchón se estriaba en láminas luminosas y el cielo líquido se enturbiaba un instante con el paso tornasolado de una sombra viviente. Era un mundo extrañamente acogedor. Breves relámpagos de cobre y oro veteaban la burbuja de vidrio. Las dos criaturas entonaban el canto de las sirenas, una melodía inaudible. A veces Fredi dejaba caer sobre sus hombros los volantes de la colcha, para sumergirse en una oscuridad casi total. Maravilla de maravillas. La oscuridad prolongaba el mundo abisal en una dimensión más rica, más sutil, a medida que la mirada tomaba posesión del lugar. Una pareja de mariposas negras oscilaban en el espacio. Las aletas emitían una fosforescencia caprichosa, y detrás de ese movimiento salpicado de oro se adivinaban dos pares de ojos negros, fascinantes. Un finísimo hilo de plata sostenía con una nota aguda el juego hipnótico. ¿Quién podría compartir tal fascinación? El pequeño Marco obtuvo el privilegio de ser iniciado a los misterios de la contemplación silenciosa, lo cual no le resultó desagradable, hasta que después de tragar una pelusa se vio obligado a sacar la cabeza del sanctasanctórum, salir a la superficie, los ojos congestionados y tosiendo, y respirar el aire libre. Admitió sin embargo la belleza de los dos cautivos, una belleza que cortaba el aliento. Bajo la cama, en efecto, se respiraba mal. La constatación se imponía. Pero Fredi, que sumergía todo su cuerpo hasta pegar la nariz al bocal, olvidaba la pesadez del aire estratificado y encontraba un nuevo manantial de placer en la deliciosa picazón del polvo, una especie de estado de embriaguez, perdida toda noción de espacio en el dédalo del trapecio acuático.

Al cabo de unas horas (era preciso medir en horas-siglo-eternidad el tiempo de la contemplación), la rigidez de los músculos envaraba el cuerpo inmóvil. Los ojos, considerablemente agrandados, como los de los habitantes de las simas, distinguían entonces detalles inadvertidos: una sombra violeta sobre un fugaz juego de arco iris, un prisma multicolor descomponiendo la luz blanca de un reflejo de cristal. El mundo de las tinieblas alardeaba con la riqueza inaudita de los tesoros orientales: centelleo de sortijas, polvo luminoso, calor grave de los panes de oro. La burbuja de agua sombría giraba sobre sí misma. En estado de catarsis, Fredi seguía el movimiento. Rozaba así la locura de las profundidades, un ligero adormecimiento, el brazo doblado sirviendo de almohada, mientras una bienaventurada nube negra invadía el espíritu (y ahí, Fredi, se manifiestan tus genes de animal submarino, el sello estampado por esos progenitores cuyo cuerpo y espíritu se había tragado el mar, acuérdate del rumor sordo que llenaba tus oídos, la incesante respiración de las olas, arriba en la superficie, y el despertar, golpeándote el cogote contra el somier, angustiado, después de haber descabezado una siesta debajo de la cama). Alguien le sacó fuera un día tirándole por los tobillos. Su padre se había arrastrado desde el diván hasta la habitación dejando tras de sí la huella de un caracol. Tiró de él, sacudiéndolo. Balbuceaba: «Yo también quiero ver las doradas.» Tuvo que hacerle salir de la habitación a gritos, batiendo las manos, como los hijos de los campesinos conducen delante de ellos animales que tienen diez veces su tamaño.

De hecho se trataba de carpas japonesas. El señor zalamero y afable, gran mimoso de cabezas infantiles, le había dicho el nombre de la especie el día de la visita. Carpas japonesas o truchas orientales, no lo recordaba exactamente. En todo caso, aquello le había sugerido la idea de bautizar a cada uno de los peces con un nombre particular de resonancia exótica. Se llamaban Kim y Khan. En la penumbra, de donde no salían más que para la delicada maniobra de cambiar el agua, era difícil saber quién era el rey y quién la princesa. No tenía ninguna importancia. Hay que admitir que incluso expuestos a la luz científica y banal del día era casi imposible localizar el microscópico moteado pardo, bajo el vientre, que según el amable visitante diferenciaba al rey de la consorte.

He aquí el menú ordinario de la mesa real:

> Miga de pan.
> Alguna mosca previamente amputada de un ala.
> Una docena de hormigas que una logística impecable transportaba desde una rendija del embaldosado de la cocina hasta el bocal.

Con exclusión de las hormigas (un complemento añadido por iniciativa propia), el resto de la dieta había sido sugerido por el proveedor de los animales. La pareja probó con satisfacción otros productos menos legítimos (una brizna de carne, dos mariquitas). Engullían el plato presentado de un solo bocado indolente, con una ligera aceleración de su velocidad de evolución. Con toda evidencia su verdadero alimento era de naturaleza espiritual, y lo encontraban en el incesante recorrido filosófico de un mundo cerrado.

«Yo también quiero ver las doradas.» Fortificado en el diván, el padre sollozaba de celos. «Quiero ver las doradas.» Repetía incansable su obsesión a lo largo del día en un parloteo ininteligible. Su actitud era la de un mongólico contrariado, que declara su rencor con un balanceo mecánico de la cabeza, frunciendo las cejas, estrujando un pañuelo sucio, con un hilo de saliva resbalándole por el mentón. Quería ver las doradas, que ya se representaba bajo la apetitosa forma de una fuente de doradas al horno, una manera de salir de la dieta de legumbres que se suponía ayudaba a disipar la niebla de su cerebro.

Su baba era el zumo de la avidez. Estuvo arrastrando las zapatillas por el pasillo durante varios días. Pegaba el ojo al agujero de la cerradura para ver a su hijo, tumbado en el suelo, contemplando los peces en la voluptuosa penumbra, debajo de la cama. Se paseaba masticando un pedazo de pergamino que había arrancado a la lámpara del salón. Le obsesionaba una idea: el Triunfo sobre el Hambre o El Regreso del Marino. Su imaginación coloreaba estampas extravagantes con astutas sonrisas de perfil. Nervioso, agitaba los brazos por encima de la cabeza, tiritando de impaciencia. Huía por el corredor retorciéndose los dedos, abriendo detrás de él las alas del batín. Fantasías heroicas de un idiota hambriento. Cogía al pequeño Marco en brazos para explicarle: «Sabes... Dos... Así de grandes», y Marco aprovechaba que abría los brazos para escaparse.

Un día en que todo el mundo estaba ausente, pasó al abordaje. Entró en la habitación, cauto y temeroso, con una sonrisa beata iluminándole la cara, andando de puntillas pero derribando una silla. La bata se enganchó en una esquina de la cómoda, inmovilizando la secuencia en el espejo del armario. Su propia imagen le sobresaltó. Todo estaba en silencio. El espectro diáfano del armario, amputado a la altura de los tobillos, le enviaba su latir acelerado. Empezó a sudar. Era un león rampante. Su mirada, sin cambiar de actitud, pasó del espejo a la ventana, después a sus espaldas mal guardadas, después al techo. Nueva inspección, inmóvil. Decisión. Abordaje. De un tirón desgarró el bolsillo del batín, perdiendo la gorra y una pantufla. Intentó una primera zambullida bajo la cama y derramó el bocal. El agua comenzó a inundar la tarima. De esta primera tentativa extrajo un viejo calcetín empapado. El polvo y las pelusas inmemoriales navegaban en el oleaje del dique roto. Oía el chapoteo de los peces, sus coletazos golpeándose contra el somier. Penetró de nuevo bajo la cama, buscándolos a tientas, luchando contra la marea, contra los elementos y los resortes, una batalla cuyas incidencias traducían las partes exteriores del cuerpo, un trasero bullente y un par de piernas alocadas en un juego de contorsiones frenéticas. Al cabo de unos instantes emergió a reculones, triunfante, con un pez en cada mano.

No tuvo tiempo de ver su reflejo huidizo en el armario. Fue trotando hasta la cocina, donde con una destreza inaudita empezó a prepararse un menú de emperador: carpas japonesas a la plancha. Su instinto le ayudó a dar con los ingredientes. Harina, con la abundancia orgiástica de un molinero trabajando. Aceite. Un cuchillo desmesurado que blandió en el aire para que el festín fuera propicio. Un embudo cuya aplicación se ignora. Solitaria, la botella de aceite rodó fuera de la cocina. Sembró generosamente el suelo de cerillas. En el momento decisivo, la explosión de gas que hubiera podido esperarse no se produjo, y los dos peces enharinados ejecutaron una danza de adiós desesperada sobre una sartén convenientemente calentada a fuego vivo. Es inútil añadir el detalle de un grito. Media hora más tarde, de los dos peces de ensueño no quedaban más que las espinas. Después de haber masticado las crujientes aletas, el padre las tiró a la basura (giran todavía esas espinas desnudas y bien formadas, con una cabeza de ojos cóncavos, giran todavía en el bocal de las noches de insomnio). Arrastrando los pies, limpiándose las manos en el batín, el marino fue a tumbarse en el diván, relamiéndose los labios aceitosos. Y allí, feliz, se durmió.

Fredi puede rememorar a su padre con más sinceridad, una nueva expresión del odio cuando el objeto ha desaparecido. La imagen que corresponde a su padre es una estampa satisfecha, acurrucada en un rincón del cerebro. ¿Y qué cetro ponerle en la mano que no sea una sartén? Infeliz, balanceando la cabeza, gime, babea, levanta la mirada al cielo con un aullido quejoso por miedo al castigo, sin dejar de observar el efecto con el rabillo del ojo, donde brilla una chispa de inteligencia cobarde y astuta. La ojeada oblicua persiste. Se acaricia el vientre y en su gemido hay cierta impertinencia. Saborea interiormente los eructos del pescado convertido en puré gástrico, mientras la lengua registra los dientes en busca de alguna espina perdida. Reposa, en fin, como el perro que ha rondado en torno a la cobaya durante toda una semana, y que suspira, aliviado, cuando ya no quedan más que unos pelos sobre la alfombra.

El moscardón sorbía la medalla de oro sobre el ataúd color cereza.

En el nombre del Padre, del Hijo y del Espíritu Santo, ya no me la jugarás. Fredi besó con sus labios la cruz de sus dedos y estrechó aún más la mano del pequeño Marco entre la suya. Marco, con la mano libre, se hurgaba la nariz con aire ausente. Los resultados de la exploración los iba ordenando cuidadosamente bajo la silla. Después de haber catado el brillo de la falsa miel, la mosca se echó a volar. Paseó su aburrimiento por diferentes rincones de la habitación, probó un reflejo de cobre, descansó en la bombilla, rizó el rizo, dibujó un sacacorchos aéreo, seguida en todo por la mirada de los niños. De regreso a la pista de aterrizaje, recorrió en todos los sentidos el féretro. Era una irreverencia, y mamá tuvo que interrumpir una oración silenciosa y espantarla con la mano dando un paso al frente. La mosca no insistió. Fue con toda naturalidad a buscar la salida del lado de la ventana, y se quedó pegada al cristal delante de la inmensidad perfecta del mar.

Una sola persona cumplió con el ritual de la visita fúnebre. Cuando llamaron a la puerta, mamá fue a abrir sin esperarse ninguna sorpresa. Era Sánchez, el mimador de niños, quien, tras una breve introducción, se inclinó ante los restos de su amigo. (¿Ignoró siempre el asunto de los peces?) Musitó una frase de condolencia a la viuda, acarició una vez más las cabecitas de los huérfanos, y no pudo retener un bostezo antes de instalarse en un incómodo silencio. Vestía traje gris y corbata negra. Del bolsillo superior asomaba con coquetería la punta triangular de un pañuelo rojo. Bajo el brazo traía un diario de Madrid (acababa de llegar de la capital), y se le notaban las ganas de desplegarlo. Los empleados de pompas fúnebres tardaban en acudir. Sánchez esperó una media hora. Después se fue con la misma discreción con que había llegado. Sale de la memoria y la puerta se cierra tras él. Le volveremos a abrir más tarde.

Cuando la mosca verde optó por la contemplación del infinito se desvaneció su zumbido y comenzó a oírse el ruido de los automóviles que hasta ahora había sido silenciado por la magia del recuerdo. Entre la ventana y el mar se interponía el telón sonoro de una encrucijada, curiosamente evitado durante toda la evocación. Por la tarde, el furgón de pompas fúnebres condujo el cadáver al cementerio a través de los embotellamientos y la indiferencia general del tráfico. Hacia las siete todo había acabado. Todo, es decir, la ceremonia final de la redención del monstruo, con corona de flores blancas, breve oración fúnebre, tierra fresca y regreso, entre medroso y avergonzado, por la avenida de grava del cementerio. Detrás de ellos se alargaban las sombras, reteniéndolos. Un guijarrito penitencial entró en el zapato del pequeño Marco, que empezó a quejarse. Hubo que hacer alto cerca de la verja, descalzarlo, sacar la piedra. Después, todo fue completamente diferente. Más allá de la salida, las calles se alegraban con la animación dorada del atardecer, la brisa de alta mar limpiaba la ciudad, mientras ellos caminaban, livianos, con el andar del resto de los mortales que jamás han tenido un monstruo en su hogar. Fue curioso encontrar la casa así liberada. Al momento, Marco se puso a dar saltos en el diván. Todavía flotaba en el aire el espíritu de gelatina, pero no por mucho tiempo.

Unas semanas más tarde empezó el traslado. Dos hombres se ocuparon de la mudanza. El primero, grande, bien atrincherado en un mono azul se encargaba del trabajo pesado. Abrazaba los sillones con sus brazos peludos como si fuera a sacarlos a la pista de baile. El segundo, pequeño y frágil, con una miniatura de mono azul, se consagraba a los objetos delicados. Bajaba las escaleras con una lámpara, un frasco de perfume, una botella de vino, un transistor pegado a la oreja (suyo). El uno era grande y obtuso, el otro pequeño e inteligente, que parecía conocer ciertos trucos de magia, como el de pegar instantáneamente los pedazos de una figura de porcelana pulverizada. Pero todo esto forma parte de una mudanza imaginaria. Lo único que Fredi recuerda es la sorpresa de haber encontrado todos los muebles, los objetos e incluso la foto de su padre en un apartamento de Madrid tras una noche y casi un día de viaje. El tren cruzaba la campiña empapada de lluvia. Así se alejan la casa y la ventana desde donde se veía el mar. El ejército de nubes oceánicas, la lluvia verdosa, les fue persiguiendo hasta los límites de su imperio. Más allá, la meseta levantaba su fortificación de sierras, una tras otra, como un laberinto en la noche.

Calle Galileo, Madrid. Con qué familiaridad podía ahora pronunciar ese nombre. En el nuevo apartamento el orden de los muebles era diferente, pero su personalidad era la misma. Seguía faltando un pedacito de pergamino a la pantalla del salón. Tal mesa, en una habitación de proporciones más reducidas, parecía alzarse de puntillas sobre sus cuatro patas. Casi con ternura, Fredi observó la aureola de barniz descascarillado que en otro tiempo había dejado allí una maceta de begonias. El apartamento olía a cera y a fontanería falta de uso. ¿Dónde habían ido a parar las sillas con respaldo de conquistador? En aquel apartamento Fredi tuvo la impresión de echar pie a tierra. ¿El océano? A veces, la serpiente de mar arqueaba la espalda, se estiraba, se desperezaba, lanzando destellos con sus escamas de chapa ardiente en el horizonte luminoso de una avenida.

Calle Galileo. A diez metros del portal una gitana vendía cigarrillos de contrabando: Fisherman, Navy, Old Jim.

Del puente de Toledo al Océano. Fuga imposible, vías no navegables.

Un calendario polícromo, vislumbrado en algún sitio, representaba un puerto pesquero. Dos barcos en rojo y verde amarrados al muelle. Un tercer barco doblaba el malecón. Vuelo de gaviotas en un cielo azul paraíso.

Ministerio de la Marina, Paseo del Prado.

Un comercio de artículos de pesca.

Y además, irresistible atractivo, el cine Coliseo proyectó las aventuras del capitán Nemo, de donde Fredi salió ahogado, después de haber seguido las veinte mil leguas de viaje submarino sentado en la segunda fila. Lentas ondulaciones del adoquinado de la Gran Vía bajo sus pies. Las olas rompían en el casco de la estatua de Don Quijote, Plaza de España. Mozalbetes de trece años han dado la vuelta al mundo como pinches de cocina. Chiquillos de tu edad han pescado el bacalao en Terranova, han comprado chales en Manila, se han vuelto locos con una burbuja de aire en el cerebro. Larga las amarras, tu sangre te llama. La marejada de automóviles, en el horizonte de las avenidas, arrastraba los restos de un pequeño naufragio. La principal característica de la serpiente de mar es desaparecer en cuanto se la ha visto.

Bufaba el mar en lo hondo de las bocas de metro, pero la cosa no tomaba proporciones alarmantes. La imagen del mar pertenecía a otra vida que no había sido la suya. Su infancia había sido la de un indio, y su adolescencia la de un hombre blanco que ya no recuerda las vastas praderas en movimiento que le vieron nacer. Eso servía para componer una mitología precoz, Los hijos del Capitán Grant, o aquella otra novela, más entrañable, cuyo héroe, sin padre ni madre, encuentra en la soledad el fermento de su fuerza (se echa en falta el Viaje, aun cuando lo promete un surco obstinado en las rayas de la mano, una raya oblicua que obliga a derivar la línea indecisa de la vida). Todos los niños se han hecho una foto de primera comunión con uniforme de almirante. La suya dormía en algún cajón de la cómoda, entre pañuelos y calcetines, esperando ser rescatada algún día con una sonrisa incrédula delante del niño desconocido.

¿Cuántas horas han transcurrido contemplando la formación de una nube en el cielo? Aparece el yunque y el galeón, el águila y la rueda. Aparece el rostro algodonoso de un viejo dios adormecido, cuya barba, deshilachándose hasta el infinito, se tornasola con un hilo de cobre. El yunque se tiñe de rosa, levanta sus alas. El águila se lanza entonces en un vuelo en cámara lenta. El galeón espera su caída (engendra tres pequeñas carabelas). La rueda aspira en su círculo a los tres patitos, se torna violeta, se incendia en las ruinas del día y así es como se llega al final de las clases. «Tres carabelas zarparon rumbo a los mares de Poniente a descubrir las Indias, para extender la fe, la lengua y la simiente de la Raza.»

Todo el aula se puso en pie haciendo resonar los asientos de madera. Se recogían disciplinadamente los libros. El teniente-profesor de Historia cubría con una funda blanca la calvicie multicolor del globo terrestre. A continuación empujó el fantasma del planeta hacia una esquina de la mesa, guardando su atlas en un armario de un severo color verde oliva. Armario de camuflaje, del mismo color que la fila de perchas a lo largo de la pared, un color oficial que debía desaparecer un año después con ocasión de la renovación general del mobiliario que se llevó asimismo el globo terrestre de su primer año de colegio. El teniente de Historia ponía el capuchón a su bolígrafo. Lanzaba una ojeada distraída por la ventana que veía desfilar la metamorfosis sucesiva de las nubes sugerida por su discurso. Verificaba el contenido de una cartera de cuero negro. Era joven y delgado, de rostro regular y actitudes marciales (menos joven, ahora, pero igualmente delgado. En cuanto a las actitudes marciales, se habían difuminado en cierta parsimonia de movimientos. El ojo de águila había seguido una brillante evolución, profundizándose un punto sin haber perdido su antigua entereza). Fredi conocía su mirada. Teniente de Historia. Capitán de otra historia en traje de paisano. Pronto quizá coronel o general de la Historia en cualquier Estado Mayor o servicio de Información, según la lógica implacable del escalafón y los méritos del sujeto. Le tenía delante de él en aquel instante, y podía observar su pupila rodeada de un halo amarillo. Le miraba del otro lado de una misma mesa de café por encima de una caña de cerveza que acercaba a sus labios. Hablaba con una voz remachada por los años dedicados a la enseñanza, una voz a la que se podían atribuir las más hermosas citas: «Tres carabelas zarparon...». Reminiscencia: los niños esperaban a que el profesor se levantara para dirigirse, en orden estricto, a recoger sus abrigos. A continuación se esperaba a que abriera la marcha para salir detrás de él. En el colegio para huérfanos militares se respetaban costumbres precisas que simplificaban las cosas.

El antiguo profesor añadió:

—Otra reminiscencia: te llamaban el grumete. No, te llamaban el marinero, y a tu hermano le llamaban el grumete. Erais los dos únicos alumnos de la Marina.

Fredi se rascó el dorso de la mano. Tenía una verruga en el dedo, una pequeña protuberancia oscura que enrojecía y sangraba por un lado. La sangre de las verrugas siembra verrugas. Levantó los ojos. A tal hora de la tarde el café estaba casi desierto. Un camarero indolente leía el periódico con los dos codos apoyados sobre el cinc del mostrador. Otro camarero dormitaba en una silla, con las piernas estiradas y la cabeza reclinada contra la máquina de discos que ronroneaba suavemente. Fredi pensó en lo que Waldo Rosa acababa de decirle. Su rostro se ruborizó un momento, mientras retrocedía en el tiempo.

Le llamaban el marinero, sí, y en varias ocasiones había tenido que darse de bofetadas con sus compañeros antes de comprender que aquello no era un insulto, viniendo de la parte de huérfanos de artillero o de sargento de infantería. Todo el mundo tenía en su casa o en su baúl del dormitorio una medalla de oro, el pergamino apolillado de una citación, un ascenso a título póstumo. Aquello era un ejército de hijos de tullidos, de mancos, de tuertos, de enajenados, felizmente difuntos. Un clan fraterno. ¿Eran también los oficiales-profesores huérfanos de las fuerzas armadas?

Waldo Rosa, oficial-profesor, sonrió. En todo caso eran huérfanos sin más madre que la patria. Y para explicarse mejor, le venía a la cabeza un estribillo que recitó a Fredi con los ojos puestos en los suyos:

> No tengo padre ni madre,
> la ventura me lanza al campo de batalla
> a defender mi honor.

lo cual valía tanto como decir que, al menos, ninguno de ellos era un hijo de puta.

El colegio era un antiguo cuartel, un edificio que había servido de cárcel, de palacio, de convento. Los bustos de toda una letanía de reyes contemplaban con sus ojos ciegos el flujo de la circulación desde unos nichos situados a lo largo de la fachada principal, a considerable altura del suelo. Cuanto más antigua era su jerarquía en la escalera del tiempo, más excrementos de paloma tenían en la cabeza. ¿Habían colocado el primer busto con la primera piedra mil años, dos mil años antes? Una viejísima pátina recubría a los héroes antiguos, Mío Cid, reconocible por su luenga barba, Sancho de Navarra, con una cabeza dos veces más grande que las demás. Excrementos más recientes adornaban la corona de los últimos Borbones. La fachada de ladrillos ennegrecidos daba sobre una calle estrecha, y nada permitía adivinar la vasta perspectiva urbana que se abría detrás, siguiendo el plano inclinado de la villa.

El mar de ladrillo. El océano del extrarradio. Se veían los campos amarillos más allá de la última barriada. «Tres carabelas zarparon...» Navegaban los barcos en el cielo de oro y el mar de ladrillos. Madrid le gustaba por sus perspectivas, tan anchas y luminosas que ocupaban las dos hojas de tarjetas postales desplegables con tintes crepusculares.

El pabellón destinado a las aulas era moderno, y se ocultaba detrás de la fachada del antiguo caserón. Los corredores tenían anchura suficiente para cuatro filas de alumnos en formación disciplinada, y los ventanales guardaban precisamente las proporciones de las tarjetas postales de tema panorámico. Aquel pabellón dominaba la ciudad y el paisaje donde planeaban las citaciones que acababa de sacar de los limbos.

Fredi renunció al examen terapéutico de su verruga. Recordó el día en que vino la televisión a rodar un reportaje al colegio con motivo de un centenario. Delante del edificio se estacionaron dos furgones de TV. Un hombre repasó la venerable fachada con el ojo escrutador de una enorme cámara apoyada en el hombro. Otros dos le asistían, armados de pértigas, bolsas, caballetes. Otro individuo, sentado en el estribo de una de las camionetas, encendía tranquilamente un cigarrillo. Todo el mundo estaba listo en el colegio. Revista general de aulas. Bandera nacional y uniformes apresuradamente planchados. Impaciente taconeo infantil esperando la llegada de los técnicos. Vieron entonces por una ventana aquellos dos furgones con el decepcionante aspecto de una caravana publicitaria sin grandes medios. ¿Habían imaginado una llegada más suntuosa?

«En el corazón de Madrid se levanta la imponente mole del Colegio de San Fernando, donde se educan niños diferentes de los demás.»

La cámara entresacaba primeros planos de los cabezones de la fachada, uno tras otro. Fredi pudo ver en la emisión, días después, a los pichones escépticos paseándose por la cornisa, rascándose el ala sobre las almas de piedra de los héroes, mientras la voz en *off* engarzaba sus picoteos dentro de un contexto histórico. La cámara entraba en la sala de banderas. Después, en el despacho del director, seriamente atareado sobre sus papeles, esforzándose en ignorar los focos dirigidos sobre él. La biblioteca. Oficiales-profesores en charla amistosa en torno a una mesa (tú, o usted, el inquisidor de café, sentado con ellos). En el refectorio, los alumnos de primer año se aplicaban delante del rancho del día. Y de repente, ocupando toda la pantalla, apareció la cara aturdida del pequeño Marco, con el nudo de la servilleta poniéndole los cuernos por detrás de las orejas. Imagen encantadora. Diez segundos. El tiempo de verle cómo se limpiaba delicadamente la barbilla chorreando salsa. Ambos habían reído, excitados.

Después hubo alguna entrevista. El locutor llevaba una corbata sembrada de guisantes, apenas más pequeña que las que llevan los payasos en las emisiones infantiles. Y ahí, había podido ver a Lecumberri, el gran masturbador, responder a una cuestión sobre la alegría de vivir. Otros compañeros exhibieron sus conocimientos y su fe. La clase de Fredi fue escogida para entonar el himno de San Fernando, rey y santo. No logró verse a sí mismo, perdido en aquel orfeón, pero las voces sonoras, endurecidas ya por las primeras escaramuzas de la adolescencia, acompañaron la última secuencia, en que la cámara saltaba por la ventana para devorar el panorama con la inmensa ambición de su ojo único.

La cámara se precipitó al vacío y se terminó el programa. Así pues, el pequeño Marco había aparecido en el alma azulada de la televisión como un adorable glotón. Fredi podía asegurar, con toda sinceridad, que la cena de casa, por la noche, no fue tan copiosa como el menú del refectorio: charcutería, una sopa humeante y espesa, como lo son siempre las sopas de las que se guarda un recuerdo agradecido, un filete abrumado de patatas fritas, postre, pastel. En casa, la pensión de viuda de hombre-rana no seguía las alzas espectaculares de un mercado en plena expansión, la abundancia a precios cada día más altos, el consumo de la mirada, sin que el dedo se atreviera a señalar la mercancía. Para los telespectadores, Marco había ilustrado las excelencias del refectorio aquel día de fiesta, el rancho de los huerfanitos, comida sana y abundante de la que el ejército siempre ha alardeado con credibilidad variable. Un argumento que la Legión recoge, en carteles con fondos de camellos, para estimular al indeciso delante de las oficinas de reclutamiento. El hambre es la tenaza que lleva por las tripas a la gente que cada día tiene que explicarse delante de la vida. ¿Cuál es el precio de los garbanzos?

Waldo Rosa hizo brillar el metal con una sonrisa. Se inclinó hacia delante y miró a Fredi con sus ojos aureolados de amarillo. Llevaba un traje de verano de tejido claro, corbata con el nudo suelto, camisa blanca (el arma reglamentaria en la sobaquera izquierda, ¿era preciso adivinarlo?). Fredi observó la palidez de su mirada, entristecida, a pesar de la sonrisa que exhibía un diente de oro. En el cenicero, un cigarrillo interponía entre ellos una inconsistente cortina de humo.

—El ejército hubiera podido ser tu destino, Fredi, y el de los demás. De alguna forma todavía puede serlo.

—En caso de revolución, en tres días yo sería coronel.

Porque no le faltaba confianza en sí mismo, y eso era algo que no tenía necesidad de justificar delante de nadie. Y al mismo tiempo, no pensaba franquear el umbral de ninguna oficina de reclutamiento, pues el pájaro que vuela con sus propias alas no lleva uniforme, aunque su plumaje sea idéntico al del resto de sus congéneres.

¿Sus antiguos camaradas?

De todos ellos, Alajarín era por el que sentía mayor ternura, porque era granadino. Fredi no conocía Granada más que a través de las referencias de los libros de Historia, referencias que debía a su antiguo profesor (el mentón bien rasurado de Waldo Rosa asintió varias veces, irónicamente), y por el recuerdo iconográfico de un cuadro de dimensiones desmesuradas que adornaba el vestíbulo del colegio como una irrupción del pasado monstruosamente agrandado por la fuerza épica de la tradición: la Reina de Castilla, sobre un caballo blanco ricamente enjaezado, recibe las llaves de la ciudad de manos del último de los Zegríes, rodeados ambos por un juicioso torbellino de figuras colosales, cortesanos, soldados, una turba de muchachotes respirando lozanía rural, sobrecargados de manteos y alabardas, y moros no menos grandiosos, las cabezas arrebujadas en gigantescos turbantes y los cuerpos empaquetados en chilabas de brocado. Alajarín, último de los Alajarines hasta la fecha, escondía una secreta nostalgia de Granada comparable a su propia nostalgia oceánica, también secreta (húmeda y fresca, precisamente, en medio de este verano de justicia). Con sus ojos grandes y hermosos, Alajarín descubría la Alhambra en el severo paralelismo del Palacio Real, de la misma forma que él adivinaba el mar en el horizonte de una autopista. Deducción lógica, después de todo, ya que la estructura radial de la red de carreteras debía, a partir del centro del país, conducir a la costa. Y esas dos nostalgias, íntimamente ligadas, daban lugar a la más fantástica de las imágenes: un Alcázar que navega sobre un espolón rocoso en el cielo de la luna llena. Como en la vida cotidiana las cosas no alcanzan esas alturas líricas, la nostalgia se mece en una caña de cerveza y la mirada se anubla como el frescor perlado del vaso. Alajarín frecuentaba el café a partir de las ocho. Vivían juntos. Aparecería a la caída de la tarde, con el aura del primer neón, atraído por la sed hacia el grifo de la cerveza, y la heroína encelando su cerebro con nieve molecular.

¿Y luego?

Luego estaba Lecumberri, cuyo nombre escurridizo evoca un cuerpo longitudinal, cuello ondulatorio, cabeza ovoide, con la inteligencia y la belleza de la culebra como enseña. Se decía de él que tenía el brazo derecho unos centímetros más largo que el izquierdo, defecto anatómico común a los churreros y a los arpistas, aunque en el caso de Lecumberri fuera el resultado de la masturbación desenfrenada. Había trabajado de empleado en un surtidor de gasolina. El largo tubo flexible, el pico rígido, bastaban para completar la tentación. Ahora mantenía un idilio perfecto con el jefe de sección de unos almacenes, lo cual le permitía ir vestido como un rey del tergal. Camisa ceñida, donde apuntan las minúsculas lunas malva de las tetillas. Zapatos amarillos que hacen bajar las pestañas a su paso. Entrará en el café avanzando por una avenida triunfal de mesas. Se instalará y hará circular un paquete de cigarrillos extralargo. La felicidad va servida en rodajas. Lecumberri apura la ración de su vida con bocaditos satisfechos. Su indiferencia no ha cambiado. Imposible para alguien tan largo encogerse aún más de hombros.

Nano, Chichi, esos dos no son de cepa colegial.

Mientras que Miguel Gavilán es de pura raíz de orfanato militar, alguien a quien Waldo Rosa también recordaba. (Miguel Gavilán soy yo, y Fredi pronuncia mi nombre con ternura.) Miguel Gavilán era un huérfano de explosión retardada. Su padre había desaparecido en unas maniobras sin dejar la prueba de su propio cadáver. El ejército examinó los pingajos de un uniforme inexplicablemente hallado en un agujero del campo. Las orugas de seis blindados que evolucionaban sobre el terreno fueron inspeccionadas una a una, en busca de algún despojo. Recorrieron al mismo tiempo todo el lugar con la esperanza de encontrar restos de carne apisonada, en caso de que se hubiera visto sorprendido por un tanque en el curso de una breve siesta contraria al reglamento de alerta. Los soldados de su unidad no vieron nada. Miguel Gavilán tuvo que esperar cinco años antes de ser considerado huérfano efectivo. Seis meses más tarde entraba en el colegio. Fredi no sabe nada de él, o casi nada. Sabe que tiene dinero. Sabe que está de viaje. Sabe que está loco o que le espera la demencia (y yo sé que no pretende ofenderme con esas palabras, ésa es también la inevitable cuestión que yo mismo me planteo).

Eran ya las cuatro según el reloj sincrónicamente adormecido en la estantería de las botellas, y Waldo Rosa puso en hora el suyo por manía de regularidad.

—Habéis seguido siendo todos buenos amigos —dijo—, y las canciones sirven para evocarlo. «Yo tenía un camarada...» No habréis olvidado la letra.

—Olvidada.

Fredi evitó la mirada del capitán Rosa. Tras el largo discurso necesitaba reposarse paladeando lo que quedaba de su caña de cerveza que lentamente volvió a dejar, vacío el vaso, sobre la mesa. En la calle (un lejano desierto vislumbrado a través de una pantalla rectangular), el fuego de la tarde alcanzaba su punto culminante, punto de fusión que disolvía los contornos de una pasta uniforme, cegadora, de una densidad empalagosa. En la sala, una fotografía mural representaba, con toda ingenuidad, un bonito bosque de abetos tras el cual se levantaban unas cimas nevadas, gemelas de las que resplandecían en el espejo de enfrente. En la parte de acá del aire acondicionado, un cliente se recortaba en el cristal llameante de la ventana. Roncaba con la cabeza entre las manos, delante de un periódico y de los posos de café de la taza. Se espabiló un momento, pasó la página de su periódico con la lentitud de un movimiento geológico, controló y plegó el engorroso volumen de información y se inclinó de nuevo sobre sus columnas, con los caracteres al revés.

Al fondo de un tortuoso pasaje, se escuchaba la cascada refrescante de una fuga de agua en los retretes. Waldo Rosa se levantó, estirándose la chaqueta. Volvió a sentarse dos minutos más tarde, manipulando todavía con los dedos un botón recalcitrante de la bragueta, y la amable cascada de sonoridad cristalina se transformó en una tromba de agua en las profundidades de una caverna, torrente furioso que buscaba una salida.

Waldo se sentó apartando la silla, y en el silencio sobre fondo de inundación que siguió a continuación, Fredi pudo apreciar con una mirada diferente a aquel cuadragenario que había retrocedido diez años en la vida mientras él, en la vertiente ascendente, había trepado diez años en la suya, hasta no ser ya un niño, ni un adolescente, ni un hombre joven, sino la laboriosa mezcla de todo eso, y los detalles que su memoria reunía formaban parte de esa amalgama en la que todas las situaciones, todos los amigos, se convertían en objetos intercambiables proyectados sobre la superficie plana del tiempo. Recordó una canción que de momento reposaba en su silencio interior (no se atrevió a seguir a Waldo en el terreno de antiguos camaradas convertidos como él en unos golfos), un rock del grupo Red de San Luis, cuya letra tenía algo que ver con unas desternillantes ganas de reír a propósito de algo muy importante, terriblemente importante, una velada fúnebre, un entierro.

Waldo parecía divagar en la contemplación de la doble cadena de montañas, uno de cuyos ejemplares reverberaba bajo un tajo de luz transversal que iba a encastillarse en la penumbra. Había estirado las piernas bajo la mesa, y Fredi observó el par de zapatos que asomaban por su lado, zapatos de economato militar, negros, flexibles, de puntera redonda, con la suela casi nueva y los cordones bien anudados por una mano firme que no había titubeado a la hora de hacer un nudo en tres movimientos. En el silencio de la sala, Waldo jugaba con su paquete de cigarrillos. Improvisaba banales figuras arquitectónicas con el paquete de pie, de costado, en equilibrio. La cascada de agua fresca, ahora un hilo de agua, gorgoteaba discretamente. Fredi volvió la cabeza hacia la amplia ventana donde el nombre del café, grabado sobre el vidrio en escritura cabalística de derecha a izquierda, se inscribía sobre el desierto luminoso de polvo y alquitrán reblandecido.

Lentamente, se sintió absorbido por el rectángulo resplandeciente. Despeñadero de luz, galope, esfuerzo obnubilado frente al vacío. Durante un instante todo desapareció a su alrededor. No quedaba más que la gran ventana y el hombre que recortaba su perfil delante de ella. Después, también el hombre desapareció. Estaba solo, pues, delante del espacio blanco. Tenía la impresión de encontrarse al borde de una revelación que le afectaba directamente. Aquella ventana prometía un significado distinto al de las palabras ЯOGИUG ÈꟻAƆ que un dedo de fuego había grabado sobre ella. Un hilo continuo la relacionaba con la que dormía en su memoria y que, por encima de la calle, daba sobre la infinita extensión verde-azul-verde del océano, relacionda también con la otra que, tras los muros decrépitos de un sórdido monumento histórico, se abría sobre el vasto panorama de la ciudad y la lejanísima perspectiva del extrarradio. Armado de una larga pértiga, podía franquear el vacío, contorsionarse para prolongar el impulso, atravesar la pantalla de vidrio y caer suavemente sobre sus pies. Pasaba así a otra dimensión. Y cuando creía haber llegado al territorio lindero de un significado fundamental, algo se movió.

El gato que dormía sobre la máquina de discos se despertó. Era un animal de polvoriento color amarillo. Bostezó, se desperezó con el espinazo arqueado y las patas rígidas. El inteligente animal saltó sobre el hombro del camarero adormilado junto a la máquina, del hombro pasó a la rodilla y de la rodilla al suelo. El camarero abrió un ojo. El gato olfateó de pasada un papel arrugado, continuó su perezoso camino y desapareció detrás del mostrador. El mecanismo de la vida se ponía en marcha, hubo algunos movimientos y la puerta rotatoria del café comenzó a girar.

Había leído en una ocasión algo sorprendente.

Era en un seminario en el que dos princesas contraían matrimonio con dos hermanos gemelos, un papa bendecía a la muchedumbre congregada delante de su palacio y un velero doblaba el cabo de varias páginas de magnífico papel satinado. No recordaba cómo había caído la revista entre sus manos. La sorpresa le esperaba en las últimas páginas.

Crucigrama. Una rejilla aproximadamente simétrica llena de definiciones invisibles.

El jeroglífico planteaba una cuestión imbécil: ¿Le has encontrado? La solución a pie de página, invirtiendo la lectura: Ha esta-do aquí. El *do* era por supuesto una nota musical.

Recetas de cocina. Una tarta deliciosamente ilustrada. Un primer plato de puerros que transformaba la modesta hortaliza en suntuoso manjar. Y además (los latidos de su corazón se aceleraron), la receta del plato principal: un pescado de fácil preparación, a la sartén simplemente, pero cuyo hígado el ama de casa debía retirar con sumo cuidado, y ponerlo fuera del alcance de los niños y animales domésticos, y deshacerse de él, y lavarse las manos, hasta tal punto la víscera era tóxica. Aquello le hizo pensar en la muerte de su padre. Había tenido lugar tres meses después de la digestión de los peces de oro, pero la receta de la perfecta cocinera le permitió perderse en sugestivas elucubraciones. Finalmente había decidido dejar de pensar en ello. Prefería atenerse a las secuencias reales que desfilaban en la moviola.

La puerta giratoria del café comenzó a moverse con el aliento de un abanico fatigado para dejar paso a un hombrecito vestido con un traje de verano color paja, camisa de cuello abierto de una blancura ligeramente empañada por el sudor, sin corbata, con un pañuelo azul en el bolsillo superior de la chaqueta y un periódico bajo el brazo. Así entró Sánchez en el café, y el gato enamorado de la máquina de discos salió a recibirle cortejándole a su paso. Aparecía sin el aura del misterio, como una consolidación de circunstancias que el azar mantiene imprevisibles. Desorientado, se le perdía la mirada, todavía sometida al cambio de luz. Se detuvo en el centro de la sala, bajo la corona inmóvil del ventilador suspendido del techo, y, sin saberlo, se incorporaba así al círculo preciso de la realidad, materialización del pasado en el torbellino instantáneo de las percepciones: un muñeco extraído del baúl de los recuerdos, menos brillante y menos pulcro que cuando uno lo había guardado. Mofletes que derivaban hacia ambos lados del cuello en un rostro sin embargo familiar, frente desguarnecida, prolongando insidiosamente los senderos de la fuga del cabello peinado hacia atrás, orejas exageradas por la calvicie, como rollizas alas de mariposa, apariencia general que había encogido durante la prolongada estancia en el polvo del olvido. Sánchez vivía en aquel barrio, y sólo la suerte, o la mala suerte, le había prohibido encontrar a Fredi anteriormente. Años de vida paralela le habían impedido abrirle los brazos, lo que hacía ahora. Dos hilos invisibles tiraron de sus brazos hacia el techo, soltándolos luego, estabilizándolos a la altura de un abrazo. Observando los primeros síntomas de sorpresa dirigidos a Fredi (cejas enarcadas, una sonrisa mantenida dentro de los límites de dos pómulos de peladura de tomate), Waldo Rosa se levantó para cambiar de mesa. Ambos se cruzaron como dos planetas que se desconocen, y nada permitió establecer la vecindad que compartían sobre una misma estantería de la memoria, encerrados en diferentes frascos de vidrio.

Le acogió a Sánchez la sutileza negra y ámbar del café. Al levantar los brazos al techo su periódico cayó al suelo, liberado de la sofocante presión del sobaco. No se volvió a recogerlo. Arrastró consigo, pegada al talón del zapato, una servilleta de papel. Aplastó medio churro que se cruzó en su camino. Derramó un vaso de la mesa en el calor del encuentro, pero todos esos detalles minúsculos carecían de importancia. Su estómago emitía gorjeos bufonescos. Desbordaba de alegría, vivificando con abundantes muecas la estampa que reúne al hijo pródigo y al lejano amigo de la familia que ha acariciado antaño sus bucles infantiles. El tío Sánchez, podríamos llamarle. Su mirada chispeante iba apreciando la transformación, en todo favorable, del chiquillo que ha crecido durante la prolongada ausencia. Antes de sentarse, paréntesis molesto pero necesario, observó el papel que llevaba pegado al zapato e intentó deshacerse de él. Contorsiones sobre una sola pierna. El papel persistía. Sacudidas del pie afectado (apártate, basura). El indeseable se despegó y Sánchez pudo sentarse. Reptando con la ayuda de una corriente de aire, el papel esquivó la silla, amenazando, testarudo, los bajos de su pantalón.

—¡Mi querido Fredi!

Es necesario precisar la primera impresión causada por su voz. No había quedado grabada en el registro de imágenes infantiles en las que Sánchez era un visitante sonriente pero mudo. Al menos su voz no llegaba a atravesar la delgada pared de vidrio del frasco que la memoria le había asignado para poder ser comparada con la voz actual. Hablaba en un tono por encima del que se hubiera podido esperar. La sorpresa acentuaba su mímica maravillada. Rostro resplandeciente, peligrosa acumulación de presión sanguínea.

—¡Querido Fredi!

Levantó el fondillo de la chaqueta para acomodarse a gusto sin arrugarlo. Un camarero pálido y mortuorio, a quien el intruso había extraído del panteón de la siesta, se acercó a la mesa con la servilleta en el antebrazo, sumergido todavía en un sueño de cafeteras de dulce silbar. Cambiando de expresión, Sánchez pidió un coñac. Rectificó después y pidió un helado. Vasta indiferencia del camarero de ultratumba. Sánchez abrió las compuertas de la retórica efusión de su ternura.

—Pensar que te he conocido niño y te encuentro hecho un mozalbete. Debe de hacer diez, once años, que había perdido tu rastro, desde los funerales de tu padre. ¿Qué edad tenía entonces? ¿Nueve años? ¿Doce años?

—Trece años.

—Trece años. Un niño tímido, inasequible, ¿o me confundo con tu hermano? Esos ojos enormes. Parece que se te hubieran afilado las pestañas, y no has perdido el brillo negro en el fondo de tus pupilas, una hormiga-león en la cueva del iris. ¿Cómo no reconocerte con esa mirada?

Fredi bajó los ojos, neutralizando las alabanzas. Terciopelo opaco.

—Supe que os habíais mudado a Madrid. Han pasado tantos años desde que murió tu padre... Aquella espantosa enfermedad.

Se detuvo como si hubiera cometido una torpeza.

—La vida es a veces una lección insoportable, y tú debes saberlo a pesar de tu edad.

—Estoy de paso —musitó Fredi.

Sánchez suspiró, comprensivo y desconcertado. Decidió mostrarse simplemente comprensivo. Su elocución era apresurada, entrecortada de cacareos no siempre significativos, una provisión de palabras que no parecía dispuesta a agotarse fácilmente, a pesar de las amenazas de asfixia. Su sonrisa descubría una doble hilera de dientes demasiado perfectos para ser auténticos. Hablaba apoyándose en la mesa, inclinado hacia delante. Atrapó la mano de Fredi entre sus manos redondas, húmedas.

—No quisiera apenarte.

El camarero, al traer el helado, cortó el contacto físico, vagamente repugnante, que Fredi no había podido evitar a tiempo. Sánchez cogió la cucharilla y atacó la torre barroca de la copa de helado, tres bolas de colores medicinales, ribeteadas con una orla de chocolate. El ambiente cargado de la sala empezó a fundirlas, mezclando su arco iris. Sánchez ofreció amablemente la primera cucharadita al niño perdido y muchacho hallado. Fredi la rechazó. Engulló entonces él mismo el regalo con un placer faunesco, ojillos cerrados, leve escalofrío de placer.

El toldo de la ventana, amarillo y verde, tamizaba la penumbra acuática. A través de un agujero, un trébol de sol venía a jugar sobre la mesa. Ondulaciones del mármol, estriado como la piel de un tigre. ¿Qué confusas, efímeras evocaciones se produjeron entonces, como la lenta pirueta de un pez carnoso que observa el presente desde el más allá de su prisión? Durante unos segundos Fredi creyó hallar un lejano parecido entre aquel hombre enternecido y el recuerdo que conservaba de su padre. Imagen difusa, imbuida de ternura por una vez, desfase sutil del sentimiento. El tío Sánchez, reencarnación humana de la entelequia incierta que habitaba en su prehistoria, chupaba meticulosamente la cucharilla. Prolongaba el placer mientras deglutía el minúsculo glaciar coloreado con un movimiento de la nuez. Algo en él hablaba del amigo desaparecido, como si en verdad perteneciera a una misma familia. Una pluma más fiel, o deseosa de seguir la inclinación de algún parecido natural, hubiera dibujado unos ojos más separados del arco de la nariz, menos obliterados por el párpado, retocando ciertos detalles menudos para calcar sobre su rostro el rostro del padre, oscurecido por una inagotable melancolía. Pero el placer supremo e idiota de la degustación de un helado, la actividad tentacular de la lengua en la cavidad bucal embebida de almendra, vainilla y fresa, en busca de una espina imposible (con aspiración de una concavidad protésica y el eructo glacial apenas contenido), todo aquello reconstituía el eslabón perdido entre los dos modelos mejor que un eventual parecido de los rostros.

Sánchez terminó su helado y contempló con tristeza la perla nacarada que quedaba en el fondo de la copa, inaccesible a la cucharilla. Apartó copa y cuchara, abandonando aquel último zumo imposible de alcanzar. Pareció entonces volver en sí, reanudar el hilo de la conversación. Querido mozalbete. La vida ha ido aplazando el momento del encuentro hasta cambiar de opinión. ¿Cuáles son tus intenciones? Aquí estamos reunidos.

Frunció el entrecejo considerando la posibilidad de pedir un segundo helado (todo de vainilla, esta vez), sugerencia de un diablejo goloso. Ángel o diablo, aquello le recordó algo.

—¿Qué ha sido de tu hermano?

Doloroso instante. Fredi evocó una prisión de cuento para niños: el pequeño Marco arrastra una bola de hierro atada al tobillo, se pasea entre los cuatro muros de un calabozo con una jarra de agua en un rincón y un mendrugo de pan duro. Una rata de simpáticos bigotes se yergue sobre sus patas traseras, la amiga y confidente de todos los presidiarios. Otra versión, más terrible todavía: crucificado contra el muro con dos argollas de hierro que le sujetan por las muñecas, el Benjamín aguanta el interrogatorio de dos sabuesos que le cruzan las costillas a latigazos: ¿Quién ha robado el dinero a la vieja? Se trata de un bolso. Pobre Marco, le has levantado el bolso a una señora y quieren cargarte todos los robos de tirón del barrio. En el nombre del Hijo, Fredi prefirió no hablar de ello y mentir.

—Está de viaje.

Sánchez juntó las manos en melodioso recuerdo.

—Querubín encantador —lengua y dientes magníficos dejaron escapar un silbido. Volvió a colocar la dentadura en su sitio con un breve movimiento de mandíbula—. Tú sabes que erais mis niños preferidos. Os veía raras veces, solamente cuando visitaba a tu padre, mi amigo y antiguo camarada, pero os quería como si fuerais mis hijos. Nunca he olvidado a mis alhajas marinas. Un día, hace seis años, estaba mirando la televisión y vi aparecer la carita tierna de Marco. Le reconocí enseguida. Quince segundos, no más. Un angelito en una esfera fluorescente. Insigne reportaje. Yo también contribuí a la suscripción para la renovación del colegio mediante una pequeña aportación. Algo muy modesto, papeletas de la tómbola. No se inauguró con eso el Paraninfo Sánchez o la Biblioteca Sánchez.

Rió ingenuamente y dejó entrever una agobiante posibilidad:

—Hubiera podido adoptaros, a tu hermano y a ti.

Abrió los brazos, francamente bonachón. Oh, sí, Sánchez, qué extraña carambola fallada por un pelo. En sus ojos brillaba un reflejo ávido, la ilusión de la paternidad.

—Pero mi madre todavía vivía —dijo Fredi.

—¿Y crees que me hubiera rechazado?

Dejó escapar una risita ahogada, como una burbuja de jabón. No tenía intención de ofender a la memoria de su madre, sino sugerir simplemente la existencia de otro Sánchez ya desaparecido, distinto al presente, un Sánchez apuesto, un Sánchez de corazón de oro, benévolo, paciente, y dispuesto sin duda a fundar una familia como se construye una chalupa con los maderos rescatados de un naufragio. Y ello con tanta mejor voluntad cuanto que se trataba de las más hermosas tablas del barco. La vida profesional de Sánchez había transcurrido fundamentalmente entre las cuatro paredes de una oficina, pero conservaba especial apego por las imágenes tomadas del vocabulario de la construcción naval. «Tu madre era una mujer hermosísima, la sirena de proa.» Hermosa y fuerte, una mujer de carácter, una mujer en suma que uno podía imaginar, salvando el impudor de la metáfora, exhibiendo sus senos desnudos, el cabello en cascada sobre los hombros, los brazos estirados a lo largo del cuerpo, afrontando con los ojos abiertos el rigor de las olas. Era rubia, del color rico y profundo del oro viejo, como las sirenas de los galeones antiguos. En la barca mentalmente reconstruida Sánchez hubiera podido ser el timonel, y únicamente la edad y los miramientos (y el miedo también a despertar en Fredi una reacción de defensa del honor materno), le impedían hablar de su propia verga, sin duda magnífica en otros tiempos.

El timonel se miró las uñas, intentando adivinar en sus entresijos los avatares del pasado rectificado con sus elucubraciones. Se mantuvo así minuciosamente ocupado durante un largo y pensativo momento.

Dos nuevos clientes entraron en el café, dos desconocidos. Ambos eran de la misma estatura, vestidos de idéntica manera, igualmente precisos en sus movimientos. Ambos llevaban gafas oscuras. Se sentaron, pidieron y obtuvieron dos cafés y un tablero de ajedrez. Un minuto más tarde pusieron sus relojes en hora y comenzaban la partida. El que recibió las piezas blancas se quitó las gafas de sol.

Los dos jugadores se enfrascaron en su juego, y el silencio de la partida era el silencio mismo del café, sostenido por el zumbido de las moscas. Se escuchó el tintineo simultáneo de las cucharillas en las dos tacitas de café. Dos nubecillas blancas, símbolo de paz, derivaron hacia el techo cuando encendieron un cigarro cada uno. El espejo grande desdoblaba, sentados junto a ellos, el juego de sus ángeles de la guarda. Imitando su profunda meditación, Sánchez continuó con calma la operación de limpieza tras alzar la mirada un segundo. Cuando hubo terminado desmigajó el mondadientes en trocitos minúsculos. Un mecanismo de su pensamiento pareció entonces entrar en acción y levantando el brazo hizo una seña en dirección del mostrador. Se acercó el camarero, distinto del que había traído el helado pero igualmente onírico. Sánchez le habló en inglés:

—*White Horse.*

Instantes más tarde, un whisky perpendicular era colocado sobre la mesa. Sánchez lo acogió con sus manecitas redondas, haciendo tañer las campanillas de hielo. Su mirada cenicienta parecía iluminarse sonriente, en la contemplación de aquel torbellino que arrastraba un caos de pequeños icebergs. Cuando su mano juzgó al contacto que la mezcla estaba lo suficientemente fría rebajó la mitad del vaso de un solo trago. Después se detuvo ante el camino a seguir. La duda no fue de larga duración. Volvió al vaso y saboreó lentamente la cuarta parte de la mitad restante. Proceso sutilmente controlado. En aquel momento Fredi comprendió que su pecado no era la glotonería, sino el alcohol. Dejando el vaso en reserva delante de él, se inclinó hacia Fredi, efusivo y voluble de nuevo.

—¿Sabes, Fredi, que yo estuve presente el día de tu bautismo?

Fredi lo ignoraba. No creía guardar ningún recuerdo de aquel día sin embargo memorable.

—Claro que no puedes acordarte. No eras más que una especie de larva que bufaba y escupía como un gato, envuelto en un faldón festoneado de encajes que se empapaban en la pila de agua bendita. Escupías la sal que te habían puesto en la lengua, lo cual me hace pensar que ya entonces preferías el agua dulce, dejando la sal para las tortillas francesas y las ensaladas. Sabia decisión, a pesar de la forma tan poco educada de manifestarlo (alguien dijo que te estabas orinando). Las iglesias resuenan de una forma especial con el llanto de los niños. Contrapunto al canto gregoriano, y uno puede imaginarse muy bien al diablo con una voz sobreaguda. La serpiente del pecado original sale por la garganta con una notable potencia en decibelios. Se diría que los niños rehúsan con todo el ahínco de sus pequeños pulmones la entrada en el seno de Nuestra Madre la Iglesia, y que se sienten más a gusto, adorables criaturas, con sus corazones originalmente emporcados. Pero dejando aparte la teología del bautismo, hay que reconocer que tu serpiente se obstinó particularmente en permanecer con el huésped que la lotería del nacimiento, reparto del cielo y del infierno, le había asignado. Yo no fui tu padrino. Tu padrino era un hombre solemne, otro amigo de la familia, que nunca más volviste a ver, suponiendo que le vieras aquel día, inclinado sobre ti con un cirio en la mano. De hecho toda su solemnidad estaba en su manera de mantener el cirio delante de todos, y tan cerca de tu alma pecadora que consiguió tostar un mechón de pelos a tu madrina, una buena mujer, una vecina. Y empezó a oler a infierno. Olía a cuerno quemado. *Liberatus est.* El diablo, cuando se manifiesta, corrompe la atmósfera, y el papel del sacristán y su incensario consiste en hacerla respirable. No me quedé hasta el final de la ceremonia, a pesar de que se remataba con un refresco y aleluya de vino blanco en los mismos locales de la parroquia. Tu madre no había ido. Convaleciente. Me fui retrocediendo piadosamente sin perder la cara, como los fotógrafos que dan unos pasos atrás, sin molestar a nadie, para encuadrar a un grupo apiñado en torno a cualquier pequeño suceso, un pájaro herido, un niño que llora. Me deslicé entre tres beatas que ellas sí tenían interés en asistir al cóctel de acción de gracias. Genuflexión en el pasillo central, delante del altar mayor. La puerta acolchada de la iglesia cubrió discretamente mi retirada. Y corrí a visitar a tu madre, ligero de ánimo, levantando torbellinos de palomas enamoradas. Tarde feliz. Fue el veinticinco de abril de mil novecientos... Supongo que sabes tu edad sin tener que recurrir a la memoria de un anciano.

Guiñó un ojo pícaro. La observación era pura coquetería. En su fuero interno, el pensamiento avanzaba con seguridad por el hilo de la memoria, reflexión sobre el camino recorrido, un tesoro. «Dos veces tu edad, chaval, tres veces tu edad, una guerra por medio y todavía vivo, todo un éxito, por si eso te interesa, joven cachorro de tigre, pero no, no te interesa, estás de paso, tú lo has dicho.»

Frotó contra su camisa un anillo con una piedra negra. Contempló el anillo echando la cabeza hacia atrás. La piedra engastada envió al techo un vuelo de moscas incandescentes. La barrera de los años se erguía a través de la mesa, polvo luminoso que filtraba la ventana, y Sánchez le miraba ahora, sonriente, del otro lado de esa barrera, las cejas prolongadas por el pincel, las mejillas empolvadas, máscara fija del oráculo. ¿Has comprendido? Quien ha vivido controla el tiempo desde lo alto de la escalera.

—¡Encrucijada de los cuatro vientos! La casa de tu infancia, frente al mar, un decorado que no tengo necesidad de describirte, pues lo debes tener grabado en tu memoria tan bien como yo, y sin duda de forma más minuciosa. La mirada de un niño sitúa las cosas con una precisión que los adultos no alcanzan a sospechar. Tú pintarías un cuadro detallista, y yo, un cuadro de costumbres. ¡Encrucijada de los cuatro vientos! O de forma más castrense, plaza del general Mola. No logro recordar el número, pero a efectos de su inexistencia práctica actualmente, podemos decir que era el número cero. Tu madre estaba en cama, con un camisón y un chal que hubiera podido lucir en un baile de ceremonia. Esperaba visitas para después de la operación bautismal. Todavía estaba pálida, te había entregado al mundo con dolor y abundante pérdida de sangre dos días antes solamente. Tenía ojeras, que le sentaban mejor que cualquier maquillaje. Labios de porcelana. Brazos de muchachita. Tierna flor de romero en un lecho de sábanas bordadas. Una flor tan delicada que se hubiera marchitado al tacto. No quiero repetirte las palabras de aquel momento de intimidad, antes de que los otros llegaran. El crucifijo de la cabecera era el único testigo, y Cristo, salvo en los milagros antiguos, es un testigo sordomudo. Pero, además, incluso un Cristo vindicativo y peleón no hubiera tenido nada que objetar. No duró mucho tiempo, el delicioso encuentro. El cóctel que celebró tu bautismo no debió de ser muy consistente desde el punto de vista de los alimentos terrenales, pues al cabo de media hora todo el mundo estaba allí. Tu padre, tu padrino, tu madrina, dos desconocidos y tú, un nuevo desconocido. Tu madre te tomó en brazos y te pusiste a mamar furiosamente para quitarte de la boca el regusto de sal. Tu padre, consagrado padre, contemplaba amorosamente la escena. Aquella misma noche salí para Madrid. Yo ya había dejado la mar por el Ministerio de Marina. Un despacho siempre es más seguro y más estable que la cubierta de un barco, y además, empezaba a tener reúmas.

Hizo un movimiento con la muñeca, la cual emitió un chasquido de madera astillada. Suspiró. Tobogán de suspiros. Su nariz aspiró el perfume de la imaginaria flor de romero que tenía entre los dedos. La flor se transformó en vaso de whisky, y aprovechó para paladear el segundo cuarto de mitad. Uno de los cabellos rectilíneos que guarnecían su calvicie se salió de filas para formar un romántico bucle sobre la oreja. Lo volvió a colocar en su sitio con la precisión de un jefe contable.

—Todo esto te concierne directamente —dijo—, aunque me pregunto hasta qué punto te interesa. Veintitantos años de espera para oír contar las aventuras galantes del prójimo. El invitado de piedra se ha sentado a tu mesa, sin aviso previo, para hablarte de los primeros días de tu preciosa existencia.

Suspiro.

Una mosca, flap, vino a aterrizar en su cuello. El cachete suscitó una copla.

Din-don, din-don,
la mar se seca,
el padre putativo.
tiene jaqueca.

Din-don, din-don,
larga el arpón,
el padre putativo
es un cabrón.

—¿Qué?

—Viejas letrillas —prosiguió Sánchez, tarareando, din-don, din-don, el estribillo—. Con todo el respeto debido a la memoria de tu padre, mi camarada y amigo. En realidad, por si eso te preocupa ahora, puedo decirte que existen todas las posibilidades de que tu genealogía sea exacta, y el apellido que llevas tu verdadero apellido. ¿Entonces? Se puede cargar todo eso en la cuenta de las rivalidades amorosas entre compañeros. Tu madre se momifica en el subsuelo calcáreo del cementerio de la Almudena. Tu padre tirita bajo una losa cubierta de líquenes a un centenar de metros del océano. Y yo, que a ambos respeto con el temor que me inspiran muertos y con la amistad que me inspiraban vivos, yo llevo su fotografía en mi cartera, o al menos la he llevado durante años. En ella están los dos. Yo fui quien hizo la foto.

Sánchez jugueteaba con el hilo de un botón que faltaba en su chaqueta como si deshojara una margarita. Fredi permanecía en silencio. Se sentía sumergido por una vaga sensación de irrealidad. Sánchez se había desabrochado la camisa, y el pequeño triángulo relajado que prolongaba así un vértice hasta el pecho dejaba entrever una piel tensa, de donde emergían algunos pelos blanquecinos, rizos de hilo plateado, el bosque íntimo que la calvicie externa hacía más entrañable, y consolador. El brillo de una cadenita de oro (qué lujosa pradera, el pecho de un hombre adulto), retenía en las redondas profundidades de las mamas el tesoro de una medalla.

—Todo aquello debería estar escrito en versos —prosiguió Sánchez—. Un hermoso poema lírico. Yo mismo he hecho alguna tentativa, nada importante, inspiradas estrofas en los márgenes de los formularios administrativos durante las horas bajas de presencia en la oficina. Lo que uno pierde con la jubilación es la posibilidad de soñar cotidianamente en un lugar de horario fijo, la estricta disciplina del espíritu.

Detrás de él la tarde avanzaba en retazos sucesivos de luz acuática. El reloj que marcaba la pauta del juego de ajedrez señalaba las seis, pero el péndulo se había parado. No. El ventilador del techo se había parado. El péndulo ocultaba tras una de las palas de la hélice su minúsculo vaivén. Por encima del hombro de Sánchez, Fredi podía ver a Waldo Rosa, sentado dos mesas más allá, volviéndoles la espalda. Un par de orejas puntiagudas, dirigidas hacia atrás, intentaban sin duda atrapar retazos de conversación (¿es tu tío?). Le vino la idea de que Waldo Rosa era un caballo de reserva en el juego de ajedrez. Había saltado dos mesas, más una a la derecha. Un rey somnoliento roncaba majestuosamente sobre su periódico, sentado junto a la ventana. Se corrió una casilla para cambiar de asiento cuando un rayo oblicuo de sol le alcanzó en su sueño. Hubo una risita de satisfacción por parte de uno de los jugadores.

Sánchez apartó el vaso para palpar los bolsillos de su chaqueta. Extrajo una agenda negra, que al ser sacudida sembró sobre la mesa un maná de pedacitos de papel, dos sellos usados, un alfiler y una fotografía diminuta de bordes pespunteados que Sánchez pasó a Fredi con una sonrisa triunfal.

—Aquí está. Ya sabía yo que aquí debía estar. Reconocerás a los tuyos.

«Querida mamá... ya seas rubia como una sirena..., ya seas azul como una virgen de proa, rubia y azul, soñando en un lecho de algas...» ¿Qué pensamientos dirigirles? En la fotografía se trataba simplemente de una pareja de desconocidos con los rasgos borrosos, de pie sobre un fondo de edificios en construcción. Él la protegía tomándola por los hombros, ella le abrazaba el talle. Vestía una falda plisada que le llegaba más abajo de la rodilla, y una camisa blanca, azul pálido quizá, cómo saberlo. Él llevaba pantalones anchos de verano, una camisa gris con hombreras y bolsillos a la altura del pecho. Tenía la cabeza descubierta y Fredi observó la gorra de oficial en su mano libre. Los pantalones blancos eran sin duda pantalones de uniforme. El mar se extendía delante de ellos, delante del largo muro de edificios en construcción. El fotógrafo se había equivocado de decorado en el momento de tomar la foto. Parecían tan jóvenes ambos que Fredi hubiera podido considerarlos ahora como compañeros de su edad, amigos de vida formal, neutros, que el halo misterioso de las fotos antiguas hacía vagamente inquietantes en su misma banalidad.

—Yo estaba delante de ellos —dijo el descuidado fotógrafo—. Me sonreían a mí, su mejor amigo. No puedo decirte que la guardes. Además, no tiene ningún significado para ti, supongo. ¿Dónde te colocarías tú en ese momento de la historia?

Fredi devolvió la foto.

—¿Te acuerdas, Sánchez, que una vez me regalaste dos peces colorados en un bocal?

—Me acuerdo.

—Finalmente fue mi padre quien los disfrutó de la manera más evidente. Se los comió y luego se murió. Al parecer eran peces sumamente peligrosos, mortales, como los hongos. Le gustaba muchísimo el pescado, y tú lo sabías. Todos pensamos que lo habías hecho a propósito, pero no dijimos nada a la policía.

Sánchez sacudió la cabeza. Había guardado la agenda en el bolsillo interior de la chaqueta sujetándola con una goma.

—Hijo mío, nunca he sido partidario de la eutanasia, incluso cuando se trata de un cuerpo donde la muerte ya se ha instalado a medias, para estirarse y gozar antes del golpe de gracia. Es una debilidad mía, pero reconozco que el procedimiento hubiera sido bastante astuto.

Sus manos volvieron a la llamada del vaso de whisky.

—He de confesar que tu madre cerró la puerta a las galanterías, no cuando tú naciste, ni cuando nació tu hermano, sino cuando tu padre se inclinó del lado de la santa imbecilidad. Así son las mujeres de este país, Fredi, mujeres de raza. Su sentido de la fidelidad se ve reforzado por su espíritu de sacrificio. Sus encantos son el origen mismo de su fuerza, como un licor perfumado que la adversidad destila para extraer alcohol de fuerte graduación. No quiero decir con eso que tu madre se diera a la bebida, y se refugiara en la ginebra y el coñac para combatir el sufrimiento, es solamente una metáfora. Contigo fue una buena madre. Y aparte de eso una buena cocinera.

Se detuvo unos segundos, dubitativo.

—A propósito, ¿fue ella la que preparó los pescaditos a tu padre?

—No, se los hizo él mismo. Y para ser sincero se murió de una trombosis, meses después.

—Por supuesto. Estaba pensando en una mala broma.

Sonrió torpemente.

—En todo caso, la desgracia que cayó sobre los hombros de tu madre borró enteramente la simpatía, dejémoslo ahí, que ella sentía por mí. Era una mujer inteligente y orgullosa. No hubiera sido capaz de traicionar, ni siquiera de pensamiento, a un marido débil mental. Su orgullo y su generosidad no se lo permitían. ¿Qué mejor prueba de grandeza de ánimo? Estuve de más en aquella casa en el momento en que hubiera podido pensarse que mi presencia hubiera sido de más consuelo. Fue espaciando las visitas. Una vez al año, en vacaciones. Y ya no tenían por objeto arrancar una mirada o una confidencia a la mujer deseada, sino hacer compañía al rival impotente y subiros encima de mis rodillas.

—Y pasar la mano por debajo de mis pantalones para jugar con un colgajito y dos cerezas.

—Fredi.

—¿No es verdad?

—Sí, pero me extraña tu buena memoria —respondió Sánchez con un tono de voz miserable.

Bajó la mirada, vulnerable y paciente. Sus labios eran una flor donde la lengua hacía el papel de una tentación ajada. Los mesurados retornos al vaso ya no le eran de ninguna ayuda: se había acabado el whisky. No quedaba en el fondo del vaso más que una mezcla acuosa teñida de ámbar donde todavía flotaban dos pedacitos de hielo como lentes de óptica.

—No tengas malos pensamientos, viborezna. Tú formas parte de un capítulo de mi amor paterno que nunca ha encontrado mercancía lo suficientemente blanda para saciarse. He sufrido de sed de hijos, de amor infantil, más precisamente, pero de eso prefiero no hablarte.

El sol pasaba ahora bajo el toldo de la ventana, cegando su rostro, nimbado de rosa. Un resplandor diferente, llegado del exterior, comenzaba a invadir el café. La enorme foto mural de cimas nevadas se coloreaba con un verdadero crepúsculo alpino. El sol doraba el espejo y engarzaba un muestrario de joyería en las estanterías cargadas de botellas, detrás del mostrador. El aire se cargó de reflejos de cobre y brillos de oro, y hubiera bastado el soplo de la voluntad para que la hélice del ventilador abanicara el espacio como el gran pájaro que planea en la memoria y resucita las cosas. De nuevo escuchaba Fredi el débil murmullo de su infancia. Un salón de muebles familiares, el diván, la mesa recubierta de terciopelo, una maceta de begonias, porcelanas empañadas en una vitrina, el frágil círculo donde el recuerdo había fijado para siempre la imagen de su madre.

En silencio, Fredi se dejó invadir por una oleada de palabras que no iban dirigidas a Sánchez, y que éste de ninguna manera debía oír, inútiles en su misma incoherencia. «Mamá querida... tu belleza atrapada en una red de oro de tan finas mallas... tus manos tenues riegan las begonias cuando ya todo el mundo en esta casa ha olvidado que hay una maceta de begonias por regar, ese gesto, la sombra de un gesto a contraluz, eternamente reproducido de preferencia a cualquier otro, eterno lo deseo... se esquiva el vuelo de una falda azul en la puerta entreabierta, un sollozo, y ya no queda lugar para la ternura... que vuelva esa flor azul a mi lado, sentado en la alfombra, que vuelva con un murmullo acogedor, y yo me precipito... una vena se dibuja en tu cuello y se ramifica como el envés de una hoja... un beso.» Murmullos y gritos de gaviota, ¿ladra un perro en la calle? Hubiera bastado el aliento de la voluntad para olvidar el tiempo. Como el príncipe, podía rodearse de los más bellos objetos, y de los más repulsivos, desde la deslumbrante cortesana hasta el bufón, de la princesa al monstruo. ¿Y qué podía hacer con esas imágenes atomizadas en una polvareda rutilante? Ahora no tenían más sentido que las larvas atormentadas de las colillas en el cenicero, o que el pálido dibujo del vaso sobre la mesa, con su óptica oval, irisada, una sombra más luminosa que el objeto mismo. No podía despejar el pasado soplando sobre un montón de cenizas, de la misma manera que no podía seguir los hilos conductores del futuro en la inflorescencia del mármol como quien lee las líneas de la mano, un esfuerzo patéticamente inútil.

Sánchez se sacudía la chaqueta, como si la avalancha de luz hubiera depositado en sus hombros una telaraña. Después, con un gesto contradictorio y perfectamente irresponsable, limpió con la manga una mancha sobre la mesa. Su presencia difundía un encanto familiar, un sentimiento de bienestar casi hipnótico en su intensidad. Consultó el reloj, digno y metódico. La tarde avanzada iba a ofrecerle una salida sobre un crepúsculo radiante. Anunció la hora.

—Las siete, querido Fredi. Ahora, voy a tener que irme.

¿Qué universo iba a acogerle más allá de la puerta? ¿Dónde iba aquel ser delicuescente que no tenía otra existencia que la que Fredi podía atribuirle, aguas arriba, y no hacia la desembocadura del tiempo? Milagro del muñeco que anda solo. Después de los jugadores de ajedrez nadie había entrado en aquel café, que se mantenía en la intemporalidad más perfecta, hasta el punto de que la noticia de la hora y el cambio de luz parecían inscribirse no en una serie sino en un círculo cerrado de pequeños acontecimientos. Los tres paneles visualmente diferentes que convergían en el eje de la puerta giratoria multiplicaban tres matices del más allá.

—... y este encuentro nos permitirá reanudar con un hilo largo tiempo interrumpido, cuento contigo, Fredi, para volver a vernos, no es un capricho, aquí...

Hurgó en el bolsillo interior de la chaqueta.

—... aquí está mi tarjeta, te espero, podrás sentirte a gusto y decirme, he venido...

Empujó la silla para levantarse. Lentamente, miró a su alrededor para verificar el orden de las cosas.

—... y allí estaré yo también. Tengo una casa en la Sierra, para acogerte, lejos, y hacerte un nido. Oh, no quiero decir que necesites un hogar, el pájaro vuela solo.

Se levantó y quiso estrechar la mano de Fredi. Cambió de opinión. Inclinándose sobre la mesa le besó en ambas mejillas con una sorprendente simplicidad, el roce silencioso de sus labios carnosos, como un cura besando a su monaguillo el domingo de Pascua, cuando el oficio ha terminado anunciando una nueva alianza entre los hombres.

R. Sánchez.
Consejero de Asuntos Marítimos
Dirección etcétera

El experto en asuntos vagamente marítimos buscó su periódico. Al no encontrarlo, se encogió de hombros y se dirigió hacia la puerta. Su periódico yacía en el centro de la sala con las alas abiertas, en una lamentable imitación de la muerte del cisne, tal como lo había dejado caer por inadvertencia al entrar en el café. Sánchez lo descubrió con una sonrisa divertida, se agachó para recogerlo y su trasero se hinchó hasta los límites del desgarrón. Propietario ahora de todos sus atributos, se dejó aspirar por la puerta giratoria en una ronda que parecía un escamoteo. Afuera, la calle lo envolvió en polvo malva. La mirada inmensa del sol, desde el fondo de la avenida, transformó su silueta. Su sombra se alargaba delante de él. Era el hombre de las piernas largas rematado por un pepino.

Fredi echó una ojeada a la tarjeta de visita. No sabía qué hacer con ella. La miró largamente sin encontrar más mensaje que la definición concreta y lacónica del hombre que acababa de desaparecer. Tras dudarlo un instante, rompió la cartulina en dos pedacitos, después en cuatro, después en ocho, y los tiró debajo de la mesa, guardando únicamente una esquina con el número de teléfono.

Waldo Rosa se levantó de su exilio temporal y retrocediendo dos casillas volvió a la mesa de Fredi para ocupar el asiento, tibio aún, del consejero marítimo.

—¿Era tu tío?

—Un amigo de la familia —respondió Fredi.

—Ese tipo se ha ido sin pagar —gritó de repente el camarero apuntando la puerta desde el mostrador con un largo gesto de histeria reivindicativa.

El campo de tiro al pichón estaba al abandono desde hacía muchos años, y parecía más abandonado todavía, una inmensa y desdeñada estera de hierba amarilla, bajo los cegadores estragos del verano. En un momento dado Sánchez había dejado de cuidarlo, como todo lo demás por otra parte, salvo la rosaleda y los parterres, y la maciza munificencia de un tilo en la terraza (recogida anual de un amplio círculo de hojas otoñales: labor sosegada para un viejo jardinero enraizado tan profundamente como el árbol en el suelo de su propiedad). Ni siquiera podía saberse que el rectángulo ofrecido en sacrificio al sol había sido un campo de tiro. Desde la casa sólo se veía una pradera de hierba crecida, crujiente de excitadísimas zancadas de innumerables saltamontes, limitada por el pinar en el que en otros tiempos se refugiaban los pichones tocados en el ala. Al fondo, casi bajo los pinos, se levantaba la cabaña donde se guardaban las dianas y los blancos de madera para tiro fijo (siluetas descascarilladas de patos y perdices), y donde se criaban también al grano del mejor trigo los pichones que eran blanco viviente. A veinte metros de allí estaba el foso de los tiradores, a medio colmatar. Un murete emergía de la hierba. Delante de él apuntaba el brazo metálico del lanzador de platos, herrumbrado y fuera de uso, como una ametralladora abandonada junto a la trinchera que defendía, un campo por el que hubiera pasado la guerra, olvidada ya.

El horizonte era ancho. La Sierra extendía una delgada capa de sombra azul. El pinar descendía en suave ladera y muy lejos, en la llanura atravesada por las lentas ondulaciones de la autopista, se adivinaba Madrid. Sánchez pretendía que en verano se distinguía en el horizonte vibrante de calor el perfil cuadrado del Palacio Real y el trazo vertical de la Torre de Madrid. Levantaba hacia la llanura indefinida un dedo amorcillado apenas convincente. Y acomodaba sus nalgas en una silla de mimbre, recorriendo con una mirada indiferente el dominio abandonado.

—Éste es el trono de Felipe II. Tenemos el Imperio a nuestros pies.

El imperio estival que Sánchez compartía con los grillos y los saltamontes había sido desmembrado para implantar el complejo-granja porcina que pertenecía a su hermano, genio de las finanzas en una familia con dos vertientes. Largos pabellones inmaculados se escalonaban en la colina. La casona lo dominaba todo. El envilecido campo de tiro y el pinar, la granja y el valle. Era una construcción en dos plantas y desván, de fachada vetusta, terrosa carta de navegación en rosas y ocres, reverdecida por el círculo de sombra del tilo. Pasando por un portalón vacío se entraba en la planta baja, igualmente desierta. A la izquierda un inmenso comedor: un diván de cuero sintético, algunos muebles antiguos que parecían esperar una mudanza demorada, una gran alfombra enrollada a lo largo de la pared. Un ratoncito corretón fue a refugiarse detrás de la alfombra con un chillido de actriz de cine en ropa ligera. Bajo una campana de vidrio, en la repisa de la chimenea, el cráneo de un perro o de un mono meditaba alguna filosofía del hambre. Una cabeza de zorro colgada del muro, con la mirada de una muerte por estrangulación, enseñaba varios centímetros de lengua polvorienta. Al lado (observémoslo al momento), una hermosa reproducción de la fragata *Virgen de Andes* navegaba sobre el papel ondulado de una litografía. Una araña anidaba detrás del vidrio maculado por el olvido. Se alimentaba de la tinta desvaída de un océano gris. La mirada de Fredi no se detuvo en ello. Era el mismo barco que había visto naufragar, sobre el diván, el día de la muerte de su padre, pero ninguna cuerda vibró a la fatigada llamada de la ilustración en un violín mudo desde hacía muchos años. La litografía resistía al hongo del papel, una suerte que yo deseo a estas mismas páginas donde la proa del barco abre un segundo surco, insignificante y mortecino.

Destellos tubulares en la desolación: Sánchez había instalado en medio de la habitación una bicicleta fija para hacer deporte. Detalle de una coquetería enternecedora, cuando uno piensa en los pliegues desbordantes de su barriga.

A la derecha, sin volver a cruzar la entrada, la cocina. Una mesa y una alacena. Un calendario deshojado. El tiempo de la cocina se había detenido absurdamente en un triste y esquelético 11 de noviembre de 1961. El cromo del calendario representaba un albergue rural con calderones de cobre y ristras de ajos. Un cuadro tan apagado como la sombría iluminación de la cocina: el follaje de una hiedra cubría enteramente la ventana. Bajo la escena rústica, un refrigerador, y en el refrigerador, funcionando, un único y bienaventurado botellín de cerveza. Debería haber un abrebotellas en cualquier cajón.

El sediento Fredi, con la espumosa botella helándole la mano, salió fuera. Alajarín le esperaba en la terraza.

El sol arrancaba relumbres de factoría aeroespacial a los silos de la granja. Calentadas al vivo, las techumbres metálicas de los pabellones retenían el gigantesco despliegue de luz. El calor parecía haber alcanzado el punto crucial más allá del cual todo podía desaparecer, fulgurante cataclismo del paisaje, dos mil cochinos vaporizados en sus hornos, punto sin retorno que la naturaleza no sobrepasa jamás por clemencia. Grillos y saltamontes. Débil zumbido de moscas a la espera de una primera e inminente retirada de la luz hacia poniente. No se movía un pájaro en aquellas condiciones de castigo divino. La presencia de algún sofocado conejo en su abrigo de pieles entre la maleza de la pradera parecía hipotética. A pesar de todo, el ingenuo Sánchez, vestido de cazador, deambulaba a lo largo del pinar, botas y camisa de cuadros, zurrón en bandolera y fusil. Tenía el patético aspecto del enano separado de su cuadrilla que llega, perdido, a la linde del bosque.

Desde la terraza de gravilla, a la sombra del tilo, Fredi lo vio andar entre los árboles. Desapareció detrás de la cabaña y volvió a aparecer por el otro lado. Salía ahora del pinar y se aventuraba en pleno sol. Se dirigió hacia el foso. Fue a sentarse sobre la pared en ruinas y se enjugó la frente con un pañuelo. Llevaba en efecto fusil y zurrón, botas de media caña y pantalones kaki. Guardó el pañuelo en el bolsillo de la camisa y miró a su alrededor: saltamontes, danza, danza, arriba y abajo, arriba y abajo, mil resortes. Levantó los ojos y divisó a los dos amigos.

—No está cazando —dijo Alajarín—. Está buscando saltamontes para metérselos vivos por el ano.

Sánchez hizo una seña con la mano y comenzó a cruzar la pradera con el fusil al hombro. Parecía por momentos que fuera a desaparecer sumergido por la hierba alta. Andaba a saltitos, con el zurrón batiéndole el flanco. La rosaleda le ocultó mientras la rodeaba. Surgió unos minutos más tarde al pie de la escalera, sin aliento pero radiante.

—Bienvenidos.

—La pradera fue un campo de tiro al pichón —decía, pues, Sánchez, y suspiró—. Ahora todo está abandonado. Hay que decir que los deportes han cambiado, y yo mismo ya no practico.

Se había instalado en la terraza, y la instalación consistía principalmente en una botella de whisky con tres vasos que Sánchez fue a buscar a algún rincón secreto de la casa. En una mesa baja, descolorida por el sol, se fundían los cubitos de hielo en su recipiente. Sánchez señaló el fusil, apoyado contra el tronco del árbol.

—No lo vais a creer, pero en mis tiempos lograba algún doblete.

Contemplando a sus invitados le vino a la mente una imagen delicada de dos pichones heridos, palpitantes, hermosos cuerpos ovalados en sus manos. Y sonrió satisfecho por su sentido del humor que consideraba cargado de alusiones y buenos sentimientos. Se había cambiado de camisa pero había guardado sus botas y sus pantalones kaki. Era un torpe domador pavoneándose delante de dos fieras indecisas.

La exuberancia escarlata de un geranio detenía la mirada a algunos metros de distancia, en el borde de la terraza. Inmediatamente detrás se extendía el indefinido telón del fondo de la llanura. Era la imagen emblemática del verano, el esmalte apretado de las flores sobre la inmensidad inundada de luz. En un rincón húmedo se erguía, en contrapunto, la sombría inflorescencia de un acanto con sus anchas hojas de columna antigua. Sánchez estaba de pie, rostro de perfil neroniano. El geranio, en su maceta de volutas y acanaladuras, sellaba imperialmente la imagen. Mantenía la actitud del tribuno, brazo estirado hacia la llanura, mano entreabierta descubriendo la grandeza del paisaje en un gesto generoso. Un encaje de luz y sombra, a través de las ramas del tilo, coronaba su frente. Giró sobre sus pies y su mano extendida abarcó la granja.

—Ahí vemos la granja, en el flanco de la colina. Tres pabellones vemos, y diez pabellones de engorde más abajo, dos pabellones matadero, cinco pabellones de procesamiento de la carne, y después, hasta el fondo del valle, los chalets de los veraneantes. Todo eso —decía Sánchez— es dinero dinámico, dinero trabajando, la verdadera riqueza, ¿no es así?

Bebió un sorbo del whisky que tenía en la otra mano.

—La granja de Félix Sánchez, S.A., mi hermano —dijo cambiando de ángulo para dominar pacíficamente la pradera y el pinar—. Pero todo este terreno, todo lo que veis a vuestros pies, vale millones y me pertenece. Pero no vendo. Además, no puedo venderlo. Paraje monumental, lugar protegido. Es cierto que Felipe II venía a sentarse aquí, en una peña que ahora se encuentra entre los pinos, un trono de granito. Parece que el lugar le gustaba para construir El Escorial. Después cambió de opinión y lo hizo construir del otro lado. Es más triste. Yo lo hubiera levantado en el lugar mismo donde están los pabellones, encaramado sobre el valle. De todas formas, ahora nadie querría un Escorial aquí, huele demasiado a cerdo. La gente que ya está instalada se las arregla con el viento: se las entienden con el noroeste. Hay que reconocer que Felipe II tenía buen olfato. Presentía los cochinos con cuatro siglos de anticipación y no quiso que le apestaran la tumba. Los únicos que no huelen a los cerdos son los veraneantes cuando compran un chalet. O bien son los promotores que venden cuando sopla el noroeste. Pero estamos en el centro del país —dijo hinchando el tonel de su vientre y trasegando la otra mitad del whisky—. No hay más que verlo. Estamos en el ombligo.

Su dedo señalaba el infinito para aportar la prueba de su afirmación. Una bruma azulada se extendía entre cielo y tierra. Alajarín y Fredi estiraron el pescuezo sin levantarse de sus sillas, vagamente interesados.

—Se ve la Torre de Madrid y el Palacio Real. Se ve Madrid. Hoy no, porque hay calima en el horizonte, pero se ve a menudo. Se ve la llanura, los trigos, la otra Sierra, más allá, donde comienza quizás Andalucía, suponiendo que sea Despeñaperros.

Satisfecho, se detuvo dejando caer el brazo y metiendo la mano en el bolsillo. Su apreciación tomó un giro más práctico, de burgués que estima la ventajosa situación de sus posesiones.

—Y ahora se ve la autopista, que nos pone a media hora de Madrid, ¿no es cierto?

Avanzó unos pasos y salió de debajo del dosel que le ofrecía el árbol. A lo lejos se oía el redoble lento y regular de los automóviles en la autopista. Embarcándose de nuevo en su inspiración lírica, Sánchez brindó su vaso al paisaje al tiempo que miraba a sus dos tigres con ojos húmedos: «¿Comprendéis esto?».

—¿Media hora?

—No, toda esta inmensidad, quiero decir, el sueño de la inmensidad, esta extensión prácticamente a vuestros pies, la verdadera piel de toro. Exaltante —ahuecaba la voz—. Toda la vida me ha parecido exaltante este paisaje. Haciendo abstracción del olor desde hace algunos años.

—Es verdad —dijo Alajarín, comprensivo—. Se ve la periferia.

Sensible, embargado de ternura, Sánchez le dirigió una sonrisa. Inocencia, espíritus con la inocencia de un barbecho. Disfrutaba las delicias de una compañía refractaria, enternecedora sin embargo en su simplicidad. Era evidente que se aburrían. Aprovechaban ampliamente la botella de whisky que había puesto a su disposición, y le complacía verles tomar así posesión de sus pertenencias, como el domador que consigue hacer subir a las fieras en los taburetes pintados por Arlequín. Con este pensamiento se fue a colocar detrás de ellos, con las manos apoyadas en el respaldo de las sillas, acariciando casi sus crines. Sin látigo. Sin la jaula que hace del peligro algo siniestro. Un paisaje ilimitado sobre el que fieras y domador tenían la impresión de volar. Qué dulce embriaguez. Sánchez respiraba todo el poder que le ofrecía su situación.

—Otros ya hubieran vendido.

Fredi se volvió:

—¿Pero no has dicho que está protegido?

Sánchez abrió los brazos, radiante.

—Y yo soy quien lo protege. En memoria de Felipe II.

Alajarín soltó una carcajada. Un arañazo. Fredi levantó los ojos hacia el tilo. Dos picazas discutían acaloradamente en la copa del árbol. Fredi hizo bocina con las manos y lanzó un grito. Los dos pájaros huyeron en un largo vuelo planeado hasta el pinar.

—Picazorras.

—Aquí te tienes que divertir —dijo Alajarín—. Seguro que haces tus fiestas con todos esos cochinos al lado. No te falta más que un lacayo.

—Oh, tengo un jardinero.

—No me digas que te lo haces con el jardinero.

Sánchez se ruborizó.

—Me ha dicho Fredi que cuando era pequeño le metías la mano por la entrepierna.

—Déjale en paz —dijo Fredi.

—¿Es verdad?

El domador, molesto, se sintió al desnudo. La imagen de su lujo sensual se desvanecía. De un par de arañazos el tigre Alajarín, el de la crin morena, ojos almendrados y labios de cobre, había desgarrado su taparrabos de pantera sintética, su querido disfraz imaginario, para descubrir un sexo erizado y las blancas redondeces de su trasero. Para situarse en una realidad más conveniente se sirvió un segundo vaso de whisky.

—¿Es ese el jardinero?

Un anciano con boina y pantalones de pana salía de la rosaleda empujando una carretilla cargada de rosas marchitas. Fue hasta el centro de la pradera, vació la carretilla y retornó a los rosales.

—¿Es ese el jardinero?

—Sí.

—¿Entonces te lo haces con él?

Los dos se echaron a reír.

—¿Qué hace el jardinero?

—Eh... recoge las flores, arranca las malas hierbas y las quema allí.

—Tendría que arrancar toda la pradera.

Volvía el jardinero con la carretilla cargada. La vació y volvió a la rosaleda. Caminaba lentamente, sin levantar la cabeza. Seguía el camino de la hormiga que él mismo había trazado a su paso en la hierba alta. Desde la sombra donde se encontraban le veían empujar su carretilla, en pleno sol, como una hormiga testaruda empeñada en una tarea inútil.

—Es sordo —dijo Sánchez de repente.

Gritó al anciano su nombre y el viejo continuó apaciblemente su camino. Desapareció entre los rosales, una jungla de zarzas en un laberinto de arcos. Vivía en la cabaña de las herramientas, al fondo del jardín.

—Sordo —repitió Alajarín como si apreciara un refinamiento exquisito.

Sánchez le miró sorprendido. Se sentía ahora más cerca de ellos, a pesar de las burlas. Podía hacer frente, voluntariamente, a la diversión de personas tan agradables de contemplar. Miembros deliciosos. Desdén felino. Se veía a sí mismo en la mirada oblicua de Alajarín, brillante, saciada de luz. «Me veo tras tus ojos líquidos, curioso de tu mirada, pupilas de almendra, cachorro de león acorazado, raposa en tejanos, te burlas, te atrapo, ven y toma un trago, escocés, hielo ardiente, lengua de víbora, pequeño imbécil.»

Tomó la botella y llenó el vaso que Alajarín todavía no había acabado.

—Fredi me ha dicho que eras fontanero.

—¿Fontanero?

Fredi se levantó y se alejó unos pasos. Alajarín se volvió hacia él.

—¿Por qué le has dicho que era fontanero?

—No sé. Para que le hagas un presupuesto de entubado.

Nueva avalancha de carcajadas.

«Pequeño imbécil en pantalones cortos, así eres, lengua obscena, reíros, ahí, que os vea los dientes y las encías, un diente partido cada uno, y un aliento de carniceros, os adoro, gratis, y os envuelvo de un gesto blando.»

—Soy fotógrafo —dijo Alajarín.

Acarició con amistosas palmadas el bolsillo de la blusa donde guardaba la máquina. La nariz de Alajarín se incurvaba con la delicada línea de un pie de bailarina. Sánchez se inmovilizó con esta preciosa indicación. Curiosamente, el whisky aguzaba su sentido de los detalles, sumiéndole al mismo tiempo en una suerte de torpor global, hecho de angustia y amargura. Había podido constatar un vago cambio de luz (colinas de una hierba más amarillenta, más rica que un minuto antes, lejanos tintes de un azul más profundo). Se detenía ahora sobre esa nariz modelada en cera oscura. Y de ahí, pasaba a la nube flamígera, sutil como un echarpe de seda, que creía descubrir sobre el horizonte, que su mirada descubría como un prodigio antes de la hora.

—Fotógrafo —repitió Sánchez con los ojos vagorosos—. Hermoso oficio.

Dio algunos pasos hacia delante y derribado por una repentina fatiga se dejó caer sobre una silla que le recibió con un crujido dramático. Una mariquita, transtornada, dio tres vueltas sobre sí misma y se echó a volar con un pequeño zumbido de helicóptero.

Es normal que sea el domador el último en darse cuenta de que va a ser devorado. Es una condición necesaria. El momento fatídico llega después de un paroxismo de incertidumbre. Sánchez comprendió que la percepción de un detalle anatómico (esa nariz encantadora y astuta), como la percepción de un instante cósmico y la promesa de una deliciosa nube crepuscular, eran un espejismo frente a la brutal realidad de los hechos. Le quedaba un minuto de lúgubre felicidad empañada por la sospecha. El sol asomaba ahora bajo la rama más gruesa del tilo. Salpicó con un largo rayo perezoso las gravillas de la terraza, dibujando las características de cada individuo de la especie. Sacaba una sombra monumental, compuesta de una doble transparencia de ámbar y cristal, de la botella de whisky y que Sánchez había dejado en el suelo. Más triunfante y sereno que nunca, el geranio se incendiaba con toda la energía escarlata de sus flores. Solamente un torbellino de mosquitos, coronándole, ofrecía la imagen de una agitación de querubines atareados bajo la inmensa mirada de la luz divina. «Y ese maldito sentimiento de haber sido un charlatán, Señor, a lo largo de toda una vida, y no lo bastante prudente para dejar el fusil al alcance de la mano.»

Sánchez estaba sentado y su sombra, recogida sobre sí misma, se codeaba con la de la botella, esbelta y gallarda, en una vaga reminiscencia de película cómica. Le poseía una sensación de inestabilidad, como si la silla fuera a bascular, retirada por la mano de algún duende jocoso. Las premoniciones se prestan a curiosas mezclas. El grupo Sánchez-botella se veía flanqueado por otras dos siluetas de mayor envergadura. La sombra de Alajarín, a su izquierda, se prolongaba hasta los primeros peldaños de la escalera que conducía a la rosaleda (y la nube de minúsculos querubines se encontró repentinamente prisionera de su órbita, como en vísperas de un eclipse de desastrosas consecuencias). A la derecha, la sombra de Fredi se perdía en el pálido encaje del tilo. Las dos sombras se animaban con intenciones aparentemente artísticas. «Te vamos a sacar tu retrato», dijo Alajarín apoyando la mano en su hombro, y el eclipse se abatió en efecto no solamente sobre la nube de mosquitos, sino también sobre el mismo geranio, cuyas flores se apagaron al momento. Había sacado la máquina del bolsillo, una pistola no más grande que su mano, inofensiva a primera vista, eficaz en cuanto al sentido de sus palabras. Sánchez alzó la cabeza para medir, sin levantarse, la altura de la amenaza. Descubrió una sonrisa, dos sonrisas. Arriesgó una tercera sonrisa, la suya, débil, y sin ilusión, como un rayo de sol que se va después de haber dudado sobre el sentido de la vida. Recibió al mismo tiempo una alegre palmada sobre la nuca que le invitaba a ponerse en pie. Se ruborizó. Su nuca se ruborizó aún más, y se levantó.

Retrospectivamente, su participación en la película le resultaba bastante risible (ya tendría tiempo de meditar sobre el ataque de rabia impotente que estallaría minutos después, cuando los destinatarios de dos fulminantes maldiciones se encontraran fuera de alcance, y el odio, sin objeto visible, se muerde ridículamente la cola). Alajarín le ordenó, con voz mortecina y casi rutinaria, entrar en la casa. Se preguntaba, en el reflujo de los sentimientos, lo que tal situación podía tener de risible. Consideró entonces el fundamento de una sospecha desdeñada por exceso de confianza tanto como por exceso de amor. Un palo marcaba las seis en el cuadrante solar de la terraza. Evitó un vaso colocado en la línea recta que llevaba a la casa. A tres pasos de la puerta quiso mirar hacia atrás y Alajarín le golpeó entonces, sin mala intención quizás, de lleno en el ojo. Sin duda apuntaba a un segundo cachete en la nuca, sea para que acelerara el paso (ambos parecían ahora tener prisa), sea para mantener un clima de jovialidad en su siniestra acción. Durante el corto trayecto hasta la casa Fredi no se manifestó, no se diferenciaba del otro, y Sánchez hubiera jurado que aún sonreía. Tropezó, recuperó el equilibrio, y queriéndose volver de nuevo consideró que bastaba con ser tuerto y prefirió guardar un humilde control de sí mismo.

El ojo funerario se había hinchado hasta convertirse, color y forma, en el huevo de un pájaro raro, azul orlado de rojo, fisurado entre los dos párpados, detrás de los cuales palpitaba la vida del embrión. Por aquel lado, el mundo aparecía singularmente transformado, con la misma convexidad que la deformación del ojo y recorrido por una incesante lluvia de luminarias. Le dolían las muñecas. Su corazón desfallecía, se aceleraba después. Se endurecieron sus riñones para filtrar un exceso de humores biliosos secretados por oscuras vísceras cargadas de rencor. El estado general de su cuerpo, clínicamente hablando, era deplorable, y se daba cuenta de ello escuchando cada palpitación de sus venas con la solícita atención de un médico enamorado de su paciente. Se presentaba la ocasión de llorar amargamente, una manera de evacuar las más dolorosas toxinas, y durante un corto instante tanto su ojo válido como el que perdía el tiempo contemplando inútiles fuegos de artificio, se anublaron, y la vida pareció más triste, más inútil que nunca.

Le habían conducido directamente al retrete. Le quitaron el cinturón para atarle las manos a la espalda, y sus pantalones cayeron entonces vergonzosamente hasta los tobillos. Hubo una cariñosa manifestación por parte de uno de ellos (siempre indiferenciados) en la manera como le puso la mano en la cabeza para sentarle en el trono. Salieron dejando la puerta del retrete entreabierta. Desde detrás del espejo una araña se arriesgó a echar una ojeada al intruso. Juzgó que el insecto era demasiado voluminoso y, por prudencia, se contentó con permanecer al acecho y guardar la entrada de su nido, sus huevos y sus tesoros. Oyó Sánchez cómo los muchachos hurgaban en el salón. Una figurita cayó de una estantería estrellándose contra el suelo, una espantosa porcelana de tema pastoril que concluía así una existencia demasiado tiempo prolongada en el olvido. No temía los destrozos. Incluso adivinando el objeto pulverizado tuvo un suspiro de alivio entre otros suspiros inspirados por el sufrimiento y la humillación. Registraron después la cocina. Tintineo de cacerolas y de botellas vacías: un gato indolente que se pasea por un lugar donde sabe que no encontrará su presa y se abstiene de toda precaución. Fredi subió al piso superior. Le reconoció por el taconeo y por la manera de silbar (silbaba alegremente, sí, mientras salvaba los peldaños de tres en tres). Allí encontraría lo que buscaba. El dinero se encontraba en un sobre en el segundo cajón de la mesilla de noche. Ochenta mil pesetas, junto con algunos billetes de cien, dos pañuelos, un llavero con el emblema zoológico de Sánchez, S.A., moneda suelta, un cenicero con el mismo emblema del cochino estilizado grabado en el fondo de una especie de hoja de col (inutilizable como cenicero por el regusto a calamina que daba a los eventuales cigarros). Todo fue bastante breve, dadas las posibilidades de la casa y el buen criterio de las jóvenes pécoras. Antes de irse, una mano apareció por la puerta entreabierta para apagar la luz del retrete y desearle las buenas noches (¿era quizás la tierna mano, la mano querida de su muchachito?). Oyó pasos alejarse en la terraza. Y luego el motor de un coche que arrancaba rumbo a unas alegres vacaciones.

En aquel momento tuvo la sorpresa de constatar hasta qué punto su muñeca había sido simbólicamente anudada. Se sorprendió también de encontrarse en plena posesión de una conciencia activa, dotada de una vitalidad menos lacrimosa, dispuesto a franquear la línea que separa la autocompasión del espíritu de revancha. Le bastó con una pequeña torsión y un ejercicio acrobático con tres dedos para librarse de un nudo apresurado, muy por debajo de lo que aprenden los jóvenes exploradores. Se levantó y cruzó el retrete arrastrando los pies. Buscó a tientas el interruptor, y otras arañas evitaron la mano ávida que palpaba el muro y el marco de la puerta. Cuando la luz se hizo, apareció en el espejo la imagen misma del escarnio, con la serpiente plana y sin vida de su cinturón en una mano, mientras la otra mantenía su pantalón a una altura conveniente. Pero aquella visión de un bufón sorprendido en su vestuario, en lugar de ahogar el odio en el pozo del ridículo, le empujó aún más a buscar la venganza.

Salió afuera intentando hacer pasar el cinturón por las trabillas del pantalón, imposibles de hallar. Se encontró de repente en medio de la terraza, rodeado del océano pálido y en calma de un crepúsculo magnífico. La grandeza inefable de la hora detuvo un instante su ánimo y su gesto. Una leve nubecilla de polvo, azul y rosa, caía suavemente detrás de la colina, detrás de la última línea de árboles hirsutos donde el camino desaparecía. El espacio se llenó con el zumbido de un avión. El espíritu de venganza cobró de nuevo vida y movimiento. Agarró la escopeta y se la echó al hombro. El primer cartucho, tirado de forma un tanto precipitada, entorpecido por los pantalones que se le caían sin cesar, hizo pedazos los cristales del salón. El segundo cartucho sembró de plomo las tejas del garaje. La fija aguja del avión hilaba, de norte a sur, una blanquísima estela de algodón. El cazador, con la escopeta en posición de descanso, evaluó la distancia del blanco, demasiado lejano, demasiado inaccesible, como si el coche, del otro lado de la colina, hubiera despegado y tomado altura, ave plateada, no, demasiado lejos definitivamente. El cazador, arrastrando el arma por el cañón, avanza por la terraza, se detiene, contempla el cielo a través del laberinto del tilo, se rasca, se inmoviliza, mientras cae la noche.

«Malditos sean los hijos de la tercera generación. Malditas sean las flores.»

Felizmente el jardinero sordo no podía oírle gritar así. Pero hubiera podido ver sus gesticulaciones, blandiendo la escopeta en una curiosa danza guerrera.

La cólera se le subía a la cabeza (volvió a cargar la escopeta), y le abandonaba después como un globo que se deshincha. Íbase calmando al mismo tiempo que el latir de las sienes. Se cerraba el agua sobre el remolino. El torbellino del odio se reabsorbía, dejando la huella de una superficie enturbiada.

«Naciste en enero, mi abril ya pasó.»

Terminado. Destruirlo todo a cartuchazos, incluidos los pabellones que, precisamente en aquel momento (husmeó el aire), apestaban la comarca.

Una columna de hormigas le subía por la pierna. No la sacudió. Tuvo un escalofrío y cierto bienestar inexplicable le permitió entregarse al frescor del crepúsculo. Se agitaba la hierba rumorosa en la pradera. Un sueño de explosión y paz crepuscular. Las grandes pasiones, en su caso, se reblandecían pronto con la grasa. La columna de hormigas continuaba al asalto de una pierna inmóvil. Pensó en sus dos verdugos, luego en las hormigas. Se sacudió el pantalón de un revés y las hormigas se desparramaron como las cuentas de un rosario viviente.

Su soledad se añadía a la sensación de paz. Pam, pam, las dos detonaciones resonaban todavía en sus oídos, repetidas, pam, pam, hasta la más profunda cavidad de su cerebro, donde había nacido, fulgurante, el deseo de venganza. Qué tontería. Se veía delante del cuerpo herido de Fredi, cribado de perdigones, vaciándose de toda su sangre por un millón de agujeros invisibles. Qué ridícula venganza. Pam. El último recuerdo de la detonación imitaba un estornudo. Se había enfriado transpirando su rencor. El segundo estornudo llegó por las buenas.

«Avanza, camina por la avenida calva donde los árboles han perdido ya sus hojas. Camina por el largo corredor al fondo del cual se ve la puerta entreabierta de donde sale un olor a podredumbre. La edad es un fracaso inevitable. ¿Cómo asimilarlo? ¿Cómo? Haciendo deporte.»

Sonrió. En el país de la inocencia contemplaba su ojo hinchado en el estanque de la serenidad.

Se palpó el ojo huero, pintado de malva tras su período azul. Contempló a su alrededor la inmensidad del paisaje. Los dos ojos seguían la línea del horizonte con la buena voluntad de la monjita y el inválido, un ojo empujando el carrito del otro. La Sierra alargaba sus dedos fósiles en una cuesta abrupta, granito negro, y más lejos, encabalgándose en la primera, una segunda cresta salpicada de oro recortaba el perfil del cielo. Inmediatamente pensó en el cuadro del salón, aquel cuadro que ya no estaba en el salón, cuyos colores empastados por el tiempo representaban ese mismo paisaje detrás del retrato. No lamentaba haber vendido el cuadro, ni por el crepúsculo que desplegaba sus colores, ni por el rectángulo amarillento que había dejado en la pared, en una casa donde prácticamente no había más que rectángulos amarillentos de polvo y nostalgia.

El aire olía a peste negra, cerdos negrillos amontonados como gusanos gordos, ovillados, histéricos.

Era quizás necesario sufrir una humillación peor que la de descubrir los primeros síntomas de la calvicie. Era quizás necesario pasar por el calvario de la humillación para seguir avanzando hacia la siniestra puerta, por la avenida sin follaje, olvidando toda veleidad de retorno. Y eso no se lo reprochaba a nadie. ¿Los dos cartuchazos? Tanto valía tirar contra el cielo injusto, contra la luna de la locura impotente, contra el pájaro burlón que se desvanece.

Su silueta aparecía incomprensiblemente coronada de una chistera.

Pájaro de terciopelo negro, simpática mariposa negra, el murciélago que revoloteaba en la tinta de la noche le hizo levantar la mirada. El cazador se estremece cuando las sombras invaden el jardín. Y cuando echa a andar, dos murciélagos se alejan, vuelven, se cruzan en su aleteo nervioso. Desaparecen un instante, rozan la fachada, se acercan para verle entrar en la casa. Y cuando cierra la puerta, ocupan en pequeños círculos titubeantes todo el cielo del jardín. Y son definitivamente sus dueños cuando se ilumina la ventana rota del salón.

Se retiró Sánchez llevando sobre sus hombros una alcancía llena de sombríos pensamientos, premoniciones difusas, olores tenaces y magros consuelos, con la intención de remojarlo todo en una segunda botella de whisky (ya que la primera, perdida en la oscuridad, le hubiera parecido contener un veneno compartido). La cólera da sed.

La desesperación también. La serenidad, fortalecida por el alcohol, se vuelve trascendental, y él sabía que había llegado el momento de ir más allá de las cosas. Llevaba su alcancía y su escopeta. La escopeta estaba destinado a romper la alcancía para mejor examinar su contenido.

El cazador abandonaba el jardín a la oscuridad palpitante donde revoloteaban los murciélagos. Dejaba el jardín a los poderes de la noche, una noche tibia, apacible, con la última brisa del verano demorándose en el follaje, estremeciendo las sombras con una fosforescencia que venía de poniente. Se oyó el grito de la lechuza en el pinar. Y en la pradera cantaba un sapo, una flauta de dos tonos. El rectángulo de la casa presidía el universo como una roca inmóvil en el espacio, rodeada por un océano de grillos, amenazada por el gruñido del monstruo que habita en las tinieblas.

El cazador encendió la lámpara del salón, penetrando así en el meollo del universo, ese espacio regular, frío, absurdamente presidido por el aparato de pedalear. Dos días antes se había dado un golpe con los pedales. Todavía llevaba la marca en un tobillo. Desde la puerta, con la escopeta en la mano, contempló un instante la bicicleta con su mirada de niño gordo. Descubrió luego la ventana rota. Cruzó el salón y, cerca de la ventana, sintió que andaba sobre vidrios. Casi todos los cristales habían saltado. Algunas puntas triangulares permanecían en el marco, siniestras, recortando la oscuridad. Se puso a despegarlas cuidadosamente, cogiéndolas con dos dedos, de puntillas, y se cortó retirando la última con un ribete de masilla y la huella de su sangre. Chupó la herida y se frotó el dedo contra la camisa. Abrió entonces la ventana, y el aire tibio de la noche se precipitó en tromba dentro del salón, como si hubiera estado retenido por las puntas aceradas de los cristales rotos.

Como el eco de una amenaza, oyó el ronquido de un motor en la granja. Una pala mecánica recogía excrementos durante la noche. Una cinta transportadora sacaba los excrementos y la pala los recogía para amontonarlos en un inmenso estercolero. Exploró la noche y descubrió, al pie del talud, la máquina trabajando. Su faro perforaba la oscuridad plateada, ojo único, amarillo y poderoso. Una sombra manipulaba las palancas, mientras un segundo fantasma negro se atareaba alrededor de la máquina armado de un tridente. Los servidores de Baal se afanaban en las tinieblas. El faro recortaba por momentos un segmento del pinar. Ronquidos del animal codicioso que devora sus excrementos para transformarlos en oro que se transforma en excrementos que se transforman en oro.

Detrás del ruido de la pala mecánica Sánchez descubrió el coro implacable de los grillos, sitiando la fortaleza, y cerró la ventana sin cristales como un exorcismo. El ruido parecía atenuarse, retenido por la cruz del marco, y Sánchez fue a sentarse para recoger su espíritu, turbado por unos momentos.

Reflexión. *Ego te absolvo*, Sánchez. Había encontrado la segunda botella en el lugar previsto y se sirvió un trago en un vaso largo y fino. También allí imprimió su huella digital en sangre. Más que un indicio para futuros detectives, intrigados y decepcionados por un asesinato que se reducía a un corte en un dedo, veía Sánchez en ello, acercando la nariz al vaso, la espiral ensangrentada de su propio final. Un corte en el dedo corazón, si aquello podía servir de justificación o de símbolo.

Así se consume la esperanza, como una botella cuyo nivel baja.

El músculo que late sin cesar debe pararse algún día.

Ego te absolvo, Sánchez, y dejó religiosamente el vaso en el suelo. Inocente porque había evitado las acechanzas de la vida, avaricia, orgullo, violencia, en este siglo cargado de abominaciones. El cielo de los justos le abría sus puertas, mientras fuera rugía la bestia ambiciosa. No había tenido cualidades para dedicarse a los negocios. Era preciso ser algo cerdo uno mismo, en el sentido figurado, por supuesto, en el sentido figurado más banal, el del interés y el capital, de la gestión y especulación de carnes y salchichas. Sánchez pensó en su pradera improductiva, su pinar refugio de aves, su rosaleda inútil, y antes de encontrar las palabras para una justificación cualquiera, se sintió reconfortado por la larga tradición de ocio que representaba la casa. La pereza era virtud, y el mal del siglo había hecho de ella un pecado. La avidez se había convertido en la virtud de los fuertes, y el ocio en el pecado de los débiles. La línea de separación dividía a las familias y al reino, y el empuje de los fuertes sacudía los muros de las antiguas quintas de recreo para convertirlas en granjas-modelo. Qué vulgaridad.

Los fantasmas organizaban a su alrededor una amable rueda de baile campestre, mientras el coro de los grillos ostigaba la casa en apretados batallones. Asió la escopeta y rápidamente, sin apuntar, disparó al techo. Todos los grillos del mundo se callaron. Tintineó un vaso en alguna parte. La escayola estalló en una nube de polvo y, tras la onda de choque, descubrió por encima de su cabeza un círculo negro cribado de perdigones, el vientre desgarrado del cielo raso, los listones del entramado, de donde aún caían pedazos de yeso mientras otros permanecían suspendidos a fibras ignoradas. Y todas esas moléculas que le cegaban, que se posaban sobre sus hombros, que viajaban todavía con la onda sonora, llevaban con ellas su última oportunidad de vida hacia la no-existencia de las partículas infinitesimales, un universo reducido a polvo para que no hubiera testigos. «Agonizante, quiero disparar, arrellanado en un sillón, contra la gente del baile.»

Se había hecho daño en el dedo al apoyar en el gatillo. Lanzaba ojeadas de través tras sus cejas blanqueadas. Todo su rostro aparecía enharinado como el de un payaso. Sacudió su dedo que sangraba. No se le escapaba lo ridículo de la situación, y así la deseaba, sí, cómica y lamentable, de manera que su cadáver, si no se volatilizaba como un monigote de escayola, hiciera francamente reír, siendo esa su última astucia y su último regalo a los demás. Contempló el techo. Aquel agujero negro le aspiraba irresistiblemente, no hacia otra vida, sino hacia la cavidad desconocida entre dos mundos. Meditabundo, se puso el cañón delante de la cara. Los grillos reanudaron su canto, intentando volver a encontrar el tono. El ruido de la máquina parecía alejarse entre los pabellones. Levantó la culata y retuvo el aliento. Abrió la boca y apoyó lentamente sobre el gatillo con la yema del dedo herido, temiendo aquel dolor ínfimo que deslucía con una preocupación irrisoria el momento definitivo. Y el segundo cartucho partió, enorme. Un objeto colgado de la pared se derrumbó a sus espaldas: la cabeza de zorro, fusilado por segunda vez con varias décadas de intervalo. Tuvo la impresión de que todo su rostro estallaba como una sandía demasiado madura. El estruendo de la detonación resonó en la casa, en la pradera, en el pinar y en el imperio, y hasta en la cabaña donde en el mayor silencio dormía el jardinero.

Ya fuera por encontrarse en mala posición de equilibrio, con un pie intentando sujetar la culata y el brazo tenso para alcanzar el gatillo, o buen que fuera definitivamente mal tirador hasta lo imposible, o que en el último segundo le fallara la voluntad, como hubiera podido esperarse, el caso es que el cañón de la escopeta se desvió diez centímetros en el momento decisivo. Una vez más, el vientre de la casa cargó con el golpe. Tras el gran estampido, no comprendiendo aún su verdadera situación en el mundo orgánico, tardó diez buenos minutos en superar un temor incontrolado: el de encontrarse en el más allá prisionero del mismo cuerpo para toda la eternidad. Terminó por aceptar su condición de viviente, y diversos signos a su alrededor le confirmaron que tal era la verdad, al menos por el momento. Tenía sed. Tenía una sed monstruosa, y la media hora siguiente la empleó en vaciar la botella de whisky. La velada se prolongó jubilosamente. Exaltación de la vida que se creía perdida, involución de los sentimientos, cantos regionales. Pero la alquimia del alcohol en el organismo de un resucitado puede tener consecuencias inesperadas. Falleció pasada la medianoche. El informe de la autopsia llegaría a la conclusión de una muerte por dilatación excesiva de los vasos sanguíneos, oxigenación desmesurada del cerebro y otras necedades. De hecho sucumbió de un paro cardíaco, porque el Gran Maestre que preside el destino de los personajes novelescos, con o sin la cooperación del interesado, lo había decidido así. Su cuerpo resbaló del sillón y quedó tendido en el suelo, con la escopeta entre las manos y la botella vacía a los pies, como una estatua yacente.